„Und Gott schuf große Walfische ... Gott sah, dass es gut war.“

Die Bibel, Erstes Buch Mose, Kapitel 1, Vers 21

Uwe Goeritz

Rebellion der Wale

FSC
www.fsc.org
MIX
Papier aus verantwortungsvollen Quellen
Paper from responsible sources
FSC® C105338

Bibliografische Information der Deutschen Nationalbibliothek:

Die Deutsche Nationalbibliothek verzeichnet diese Publikation in der Deutschen Nationalbibliografie; detaillierte bibliografische Daten sind im Internet über http://dnb.dnb.de abrufbar.

Coverbild: Marion Jana Goeritz

Herstellung und Verlag: BoD – Books on Demand, Norderstedt

ISBN: 978-3-7448-5180-0

Inhaltsverzeichnis

Rebellion der Wale

Was wäre, wenn die Natur uns Menschen zeigt, wo unsere Grenzen sind?

In dieser Geschichte passiert genau dies. Durch einen Aufstand der Wale, in einer nicht allzu weit entfernten Zukunft, werden die Menschen gezwungen, eine Entscheidung zu treffen.

Mit oder gegen die Natur. Mit oder ohne Gewalt. Mit oder gegen diese Tiere aus den Tiefen des Meeres. Wie wird die Wahl ausfallen? Siegt die Vernunft und gibt es für die Menschen eine Hoffnung?

Sämtliche Figuren, Firmen und Ereignisse dieser Erzählung sind frei erfunden. Jede Ähnlichkeit mit echten Personen, ob lebend oder tot, ist rein zufällig und vom Autor nicht beabsichtigt.

Vorwort

Ein ferner Ruf

In einer kleinen Bucht in Australien, ganz nah am Wasser, sitzt ein kleiner Junge. Wie jeden Abend, wenn die Sonne untergeht, lauscht er den Tönen aus den Tiefen des Meeres. Er stützt seinen Kopf auf seine Hände und hört einfach nur zu. Der melancholische Sing Sang aus der Tiefe zieht ihn in den Bann. Was erzählen diese Wale dort? Reden sie über die Schönheit des Meeres? Über vergangene Zeiten? Reden sie auch über die Menschen? Über ihn vielleicht?

Was können sie erzählen? Ist es gut oder schlecht? Und für wen? Für die Menschen oder die Wale? Sollte es nicht beiden gut gehen? Ist nicht Platz für alle? All diese Fragen sausen durch den Kopf den kleinen Jungen, der wie gebannt auf das Meer schaut. Der Mond ist aufgegangen und nun sieht er den Wal. Im fahlen Licht des Mondes springt der Wal übermütig durch das Wasser und klatscht mit einem donnernden Geräusch zurück auf die Meeresoberfläche in der kleinen Bucht.

Der Junge steht auf und winkt dem Wal zu, bevor er nach Hause läuft. Von Ferne sieht er schon das Licht in der Tür des Elternhauses. Seine Mutter wartet auf ihn und auch sie schaut auf die Bucht. Ihre Gedanken sind jedoch anders „Werden meine Enkel noch das Lied der Wale hören können? So wie ich einst und mein Sohn jetzt?“ fragte sie sich. Sie nimmt das Kind in den Arm und drückt es ganz fest. In der Dunkelheit kann der Junge nicht sehen, wie eine Träne über die Wange der Mutter läuft. Noch einmal springt der Wal.

Wie lange noch?

1. Kapitel

Das Rudel der See

Thomas Mac Gregor saß, wie jeden Tag, in seinem kleinen Boot und schaute über den Fluss. Er strich sich über den grauen Bart und sah die kleinen Wellen ringsum. Heute war ein besonders ruhiger Tag Anfang Mai und wie jeden Tag war er noch vor Sonnenaufgang hier heraus gefahren. Früher war er als Kapitän auf einem Fischkutter oft monatelang auf See gewesen, doch seit seiner Pensionierung konnte er nur noch von seinem kleinen Boot aus die großen Schiffe die Themse hinausfahren sehen.

Die Angel hatte er fest in der Hand und die Sonne stand gerade mal Handbreit über dem Wasser. Die ersten gierigen Möwen schauten kreischend auf die drei kleinen Fische herab die er schon gefangen hatte und die in einem Eimer zwischen seinen Füßen schwammen. Sanft schaukelte der Mann in der Dünung der Wellen. Es hatte fast etwas Meditatives. Nicht weit von ihm entfernt zog ein großer Containerfrachter seine Spur durch das Wasser und Thomas legte die Angel zur Seite. Gleich würden die Wellen des Fahrwassers sein kleines Boot treffen und da wollte er sich lieber abstützen.

Wehmütig schaute er dem Frachter nach. Wohin wohl seine Reise gehen würde? Sein Blick wanderte von der Fahne an dem Heck des Schiffes über das Wasser und blieb an ein paar dunklen Buckeln, mitten in der See, hängen, die sich schnell näherten. Er schob seine Mütze ins Genick und nahm sein Fernglas, das er immer bei sich hatte, vor die Augen. Er konnte zehn dunkle Rücken ausmachen, die sich sehr schnell näherten. Es kam ihm so vor, als ob sie direkt auf ihn zuhielten. In seinen fünfzig Jahren auf See hatte er schon viele Pottwale gesehen und er hatte auch schon gehört, dass sie manchmal bis in die Flüsse schwammen, aber hier schien sich eine ganze Schule von ihnen verschwommen zu haben.

Als sie ganz nah waren sah er, dass sie nicht auf ihn zu schwammen, sondern an ihm vorbei zur Mündung des Flusses. Keine fünfzig Meter entfernt schwammen sie hintereinander an seinem Boot vorbei. Eine zweite Gruppe näherte sich von der offenen See aus der Mündung und auch diese Tiere schwammen ganz dicht an ihm vorbei. Der Mann konnte sehen wie die Wale direkt in der Mündung stoppten und sich so verteilten, dass sie über die ganze Flussbreite nebeneinander schwammen. Ein lautes pusten ließ Thomas herumfahren. Direkt vor seinem Boot tauchten zwei Buckelwale auf und bliesen eine Wasserfontäne in die Luft. Die beiden Wale schwammen zu den beiden Seiten des Bootes und nahmen es in ihre Mitte. Keine fünf Meter waren zwischen dem einen Wal und dem Mann und die beiden Tiere beobachteten den Mann aufmerksam.

Nach einer ganzen Weile tauchten die beiden Wale genauso plötzlich wieder ab, wie sie vorher aufgetaucht waren, nur um durch die auffälligen Finnen von ein paar Schwertwalen abgelöst zu werden. Was war hier los? Drei verschiedene Walarten hatte er in der letzten Stunde gemeinsam zusammen gesehen. Normalerweise vertrugen sich Schwertwale nicht mit den anderen, aber hier schien das anders zu sein. Wie ein Begleitschutz gruppierten sich die Schwertwale um sein Boot. Jeder der Wale war sicher genauso groß wie den Kahn und Thomas beschloss nach Hause zu fahren.

Langsam stand er auf und setzte das Segel. Er hatte das Gefühl, dass dies hier wie Walwatching war, nur anders herum. Die Wale beobachteten ihn! Langsam setzte sich das Boot in Bewegung und aus der Gruppe der Wale lösten sich zwei, die es zwischen sich nahmen und begleiteten.

Thomas fuhr auf die Gruppe der Pottwale zu und nun konnte er sehen, dass die Schwertwale, die gerade noch bei ihm gewesen waren, sich zwischen den Pottwalen einordneten. Nur die beiden, die sein Begleitschutz waren, blieben mit ihm auf Kurs. Mitten im Fahrwasser machten sie alle für ihn Platz, nur um hinter ihm wieder ihre Position einzunehmen. Wie die Absperrkette der Polizei wirkte das Ganze. Immer näher kam er seiner Anlegestelle und die Wale waren immer noch neben ihm. Als das Wasser dann zu flach wurde drehten sie ab, blieben aber an der Stelle stehen, bis er sein Boot festgemacht hatte.

Den Eimer mit den Fischen in der Hand stand Thomas auf seinem Anleger und schaute zu, wie die beiden Wale langsam zurück zur Flussmitte schwammen und sich in die Reihe der anderen einordneten. Irgendwie kam ihm das ganze komisch vor und wenn er davon in der Kneipe erzählen würde, dann würde mancher es sicher für Seemannsgarn halten. Er seufzte und ging den Weg zu seinem kleinen Haus hinauf. Auf dem Hügel direkt vor seinem Haus drehte er sich noch einmal um. Wie leergefegt war die ganze Bucht. Kein Schiff war heute da draußen. Nur die Buckel der Wale konnte er zum Teil sogar mit bloßem Auge sehen. Mit seinem Fischeimer in der Hand stand er da, während seine Frau am Fenster stand und sich wunderte, dass er schon wieder zurück war. Normalerweise war er selten vor der Abenddämmerung wieder in ihrer Wohnung. Nach dem Angeln ging er oft noch in die kleine Fischbar, um seinen Fang braten zu lassen. Meist blieb er dann einfach dort. Heute war das anders.

Sie trat zu ihm vor das Haus und nun sah auch sie die großen Tiere. Wie Bojen sahen sie aus, unbeweglich auf ihren Stellen und als er ihr seine Erlebnisse des Morgens schilderte, hätte sie ihm wohl nicht geglaubt, wenn sie dies hier nicht gerade mit eigenen Augen gesehen hätte. Keine Welle, kein Schiff war zu sehen. Kein Windhauch war zu spüren, als die beiden alten Menschen so auf ihrem Hügel standen. Das gab der ganzen Situation etwas friedfertiges aber gleichzeitig auch irgendwie Bedrohliches.

Immer mehr Menschen aus der Siedlung kamen auf den kleinen Hügel und schauten auf den Fluss hinaus. Sein Fernglas wanderte von einem zum anderen und nachdem Thomas seine Geschichte sicher schon zum zwanzigsten Mal erzählt hatte, kam ein Fernsehteam, dass irgendeiner gerufen hatte und filmte das Schauspiel.

Wieder erzählte der alte Mann seine Geschichte, den Eimer mit den drei Fischen, wie zum Beweis, immer noch in der Hand haltend. Was ihm am Abend in der Schänke keiner geglaubt hätte, das konnten nun alle mit eigenen Augen sehen, und die Kamera hielt das Ganze auch noch für die Nachrichten fest.

Als das Kamerateam wieder abzog, zerstreute sich auch die Menschenmenge, bis nur noch die beiden Alten vor ihrem Haus standen und auf die Bucht hinab schauten. Erst jetzt fiel Thomas wieder der Eimer mit den Fischen ein. Er drückte ihn seiner Frau in die Hand und gemeinsam betraten sie ihr kleines Haus.

2. Kapitel

Walfänger oder Walgefangener

Hoch spritzte die Gischt, als das Schiff sich durch die schwere See kämpfte. Immer wieder rollten Brecher über den Bug und liefen über das Deck nach hinten weg. Auf der Brücke stand der Kapitän Ole Larson über die Karte des Wetterdienstes gebeugt und fuhr mit dem Fingen die Linien der Luftdruckbereiche entlang. Dann tippte er auf eine Stelle und sagte „In einer Stunde sind wir hier im ruhigen Fahrwasser." Dabei schaute er seinen zweiten Offizier an. Ole war sicher dreißig Jahre älter, als der andere Offizier und dies hier würde eine seiner letzten Fahrten auf einem Walfänger sein.

Der junge Mann nickte. Sein Kapitän hatte da ein Gespür für Wetter und Wale, dass hatte er schon bei so mancher Fahrt festgestellt. Gemeinsam gingen sie nach vorn zum Steuermann, aber aus den Fenstern war nicht viel zu sehen. „Bleib du am Radar." sagte der Kapitän zu seinem Offizier und der nickte. In das gelb grüne Bild vertieft schaute er, dass sich kein Schiff näherte. Immer mehr rollte das Schiff von Steuerbord nach Backbord und zurück. Einer der Matrosen kam mit Kaffee auf die Brücke. Er hatte die Tassen entweder nur halbvoll gemacht oder die Hälfte irgendwo unterwegs verloren.

Draußen begann es gerade heller zu werden und mit jedem Sonnenstrahl wurde auch das Wetter besser. Keine fünfzig Minuten war es her, dass sie auf die Karte geschaut hatten und schon waren die Wellen nur noch etwa zwei Meter hoch. Fast ruhig zog der Walfänger nun dahin, eine Spur aus schaumigen Wellen hinter sich lassend. „Der alte Fuchs hat recht gehabt. Wie immer." dachte sich der junge Offizier und schaute bewundernd zu seinem Kapitän nach vorn. Der erste Offizier kam auf die Brücke und übernahm die Wache. Ole und sein junger Offizier gingen nach unten in den Speisesaal, wo der Koch schon das Frühstück für die Mannschaft bereitgestellt hatte. Die Hälfte der Mannschaft war schon da und langte kräftig zu. Schlechtes Wetter waren sie hier gewohnt und das konnte ihnen nicht den Appetit verderben.

Sie hatten schon zehn Wale gefangen, zerlegt und im Bauch des Schiffes verstaut. In den nächsten Wochen mussten sie noch einige mehr fangen und dann würden sie wieder nach Hause fahren. Ole überlegte, wie viele Wale er in den fast dreißig Jahren auf diesem Schiff schon gefangen hatte. Es mussten fast tausend gewesen sein. Er war der erfolgreichste Fangschiffkapitän der ganzen Flotte und auch ein bisschen stolz darauf. Nach dem Frühstück schickte er einen seiner Männer in den Ausguck. Er hatte es im Gefühl, dass sie heute bestimmt noch ein oder zwei Wale fangen konnten.

Immer ruhiger war die See geworden, die Schlechtwetterfront lag weit im Süden hinter ihnen und rundum war nur glatte See. Jetzt konnte man sicher schon auf fünf Kilometer Entfernung einen Wal erkennen, wenn er an die Wasseroberfläche kam. Zusammen mit seinem jungen Offizier stieg der Kapitän zu dem Mann in dem

Ausguck hinauf. Mit Ferngläsern suchten sie ringsum alles ab. Der junge Offizier rief nach einer Weile „Dort, bei Steuerbord sehe ich was.“ Die drei Männer schauten angestrengt in die Richtung und nach ein paar Minuten sagte der Kapitän „Das sind Pottwale. Die dürfen wir nicht jagen. Zwei oder drei Männchen. Du hast gute Augen mein Junge.“ Dabei klopfte er anerkennend dem jungen Offizier auf die Schulter.

Die drei Wale schienen immer näher zu kommen und der Kapitän verlies zusammen mit dem jungen Mann den Ausguck wieder, um auf die Brücke zurück zu gehen. Auf dem Weg zur Brücke fasste der junge Mann die Reling an und zuckte zurück. Wie ein elektrischer Schlag kam es ihm vor, ein surren und schwingen. Der Kapitän bemerke die Reaktion und sagte „Das ist der Sonar der Wale. Damit spüren sie ihre Beute auf. So wie Fledermäuse in der Luft.“ Als sie die Brücke betraten konnte man das Geräusch schon ganz deutlich hören. Es klang als ob jemand mit einem Hammer auf das Schiff schlug und es wurde immer lauter.

Von der Brückennock aus schaute der junge Mann auf das Meer hinaus und nun konnte er auch von dort aus und mit bloßem Auge die drei dunklen Walrücken im Wasser schwimmen sehen. Keine fünfhundert Meter neben dem Schiff. Er drehte sich um und rief in die Brücke hinein „Kapitän, die halten genau auf uns zu!“ Mit langsamen Schritten kam Ole aus der Brücke heraus und schaute auf das Meer. Die Wale schienen immer schneller zu werden oder sah das nur so aus? „Hart Steuerbord!“ rief er zu seinem Steuermann in die Brücke. Er versuchte den

Walen auszuweichen oder an ihnen vorbei zu fahren, doch die drei Wale machten die Bewegung mit. Wieder waren sie auf Kurs, genau auf das Schiff zu.

Mittlerweile hatte jeder auf dem Schiff das Klopfen gehört. Selbst im Maschinenraum übertönte es das Donnern des mit voller Kraft laufenden Motors. Der Kapitän stürzte in die Brücke hinein und schlug auf den Knopf der Kollisionswarnanlage. Das Dröhnen der Sirene sagte nun auch dem letzten Mann an Bord, dass etwas nicht stimmte. So wie es immer alle geübt hatten, nahm jeder seinen Platz ein oder hielt sich irgendwo fest. Mit einem dumpfen Schlag rammte der erste Wal in die Seite des Schiffes. Unmittelbar danach trafen auch die beiden anderen Wale die Seite. Im Bug war der Aufprall so stark gewesen, dass die Nieten der Schiffsbeplankung heraus gerissen wurden. Wasser strömte ein. Der Kapitän schätzte den Schaden ein und nach einer Durchsage seines Ingenieurs griff er zu Mikrofon. „Alle Mann von Bord." rief der Kapitän durch die Sprechanlage und im ganzen Schiff lief die Mannschaft sofort los. Sie wussten, dass der Kapitän das nicht ohne Grund machen würde. Das Schiff war nicht mehr zu halten!

Immer wieder rammten die Wale die Seite des nun bewegungslos daliegenden Schiffes, immer größer wurde die Schlagseite. Im Minutentakt dröhnten die Schläge. Die Besatzung der Brücke rannte nun ebenfalls den dunklen Gang zum Rettungsboot entlang. Ole lief als letzter und es fiel ihm schon sichtbar schwer, das Gleichgewicht in dem schrägen Gang zu halten. Die rote Tür war direkt vor ihnen. Der erste Offizier hielt sie offen und die Männer sprangen in das Boot. „Alle Mann sind da.“ sagte der erste Offizier. „Und Peter?“ fragte Ole. „Der auch.“ sagte der Offizier und zeigte auf den schwarzen Schiffskater, den der Koch im Arm hatte. „Dann Luke dicht.“ sagte Ole und schloss die Tür.

„Festhalten!“ rief der Kapitän und zog den Hebel der Auslösevorrichtung. Aus fünfzehn Metern Höhe fiel das Rettungsboot nach unten und tauchte im Wasser unter. Als es wieder an die Oberfläche kam konnten die Männer sehen, wie die drei Wale gerade ihr Schiff versenkten und dann abtauchten. Ole warf den Motor an und sagte „Heute Abend sind wir in Island.“ Der erste Offizier zeigte wortlos nach draußen. Alle Männer konnten durch die Fenster eine Gruppe von Schwertwalen sehen, die das Rettungsboot in ihre Mitte nahmen und begleiteten.

Sie waren schon eine ganze Weile gefahren als das Funkgerät anfing zu quaken. Daran hatte Ole gar nicht gedacht. Er nahm das Mikrofon und schilderte kurz ihre Lage. Über den Satellitenfunk erfuhr er, dass es noch drei weiter Schiffe so wie sie getroffen hatte und die anderen zurück zu ihrem Hafen fuhren. Die Schwertwale waren immer noch neben ihnen und schauten genauso durch die Fenster, wie die Männer auf sie. Ein jeder der Wale hätte das kleine Boot sofort versenken können, wenn er gewollt hätte. „Nun sind wir von Jägern irgendwie zu Gejagten geworden.“ dachte Ole.

3. Kapitel

Die Blockade

Hans saß in einer Lagerhalle der Biologischen Anstalt Helgoland und schaute auf das Becken mit den drei, am Vortag gefangenen, Hummern herunter. Er war Mitte dreißig, hatte T-Shirt und kurze Hosen an und saß auf einem Klapphocker, der bei jeder seiner Bewegungen zusammenzubrechen drohte. Seit seiner Kindheit hatte er sich mit Meerestieren und ganz besonders mit den Walen beschäftigt. Während seine Schulkameraden damals in die Disko gegangen waren, hatte er jedes Buch gelesen, dass er über Wale finden konnte.

Angefangen hatte alles mit dem Buch von Moby Dick, dass er geschenkt bekommen hatte und das er sich damals noch hatte vorlesen lassen müssen. Die Geschichte von dem weißen Wal hatte ihn sofort gefesselt, als er das Bild auf dem Buch gesehen hatte. Jeden Abend musste seine Mutter es ihm vorlesen und so war er zu den Meeressäugern gekommen. Er hatte schließlich nach dem Abitur an der Universität Meeresbiologie studiert und seinen Doktor gemacht und nun saß er hier, in dieser Halle. Missmutig klopfte er an die Scheibe des kleinen gläsernen Beckens.

Klar war das Wiederansiedeln der Hummer vor Helgoland ein wichtiges Projekt, aber mit den Walen hatte das so gar nichts zu tun. Nur einmal hatte sich ein Schweinswal in die kleine Bucht verirrt und Hans war sofort freudig mit dem Boot hinaus gefahren. Das war seine einzige Begegnung mit einem lebenden Wal bisher gewesen. Vorsichtig nahm er die Hummer einzeln heraus und setzte sie in Einzelbecken. Jeden für sich. In den Tanks im Nachbarhaus waren schon einige Hummer und nun kamen diese drei noch dazu.

Er kontrollierte noch die Temperatur in den Becken, bevor er sich mit einem Block in die Ecke setzte. Diese Bürokratie nervte ihn noch viel mehr. Zu jedem Tier musste er genau Buch führen. Größe, Gewicht, ungefähres Alter schrieb er in die Tabelle mit der jeweiligen Nummer des Tieres. Die wissenschaftliche Studie war zweifellos wichtig, aber er wollte da etwas anderes machen. Er schaute auf, sein Blick fiel auf das Foto der Frau auf seinem Schreibtisch. Das Bild seiner Freundin Tanja. Sie hatten zusammen studiert und nun war sie in einem Austauschjahr in Florida. Sie konnte dort mit Delfinen arbeiten und er eben hier mit Hummern.

Die Tür der Halle wurde aufgerissen und Simone, die kleine Sekretärin seines Chefs, stürzte mit wehenden, dunkelblonden Haaren ganz aufgeregt in die Halle. „Das musst du dir ansehen.“ rief sie mit einem Tabletcomputer in der Hand, während sie schnell auf ihn zulief. „Eine Freundin aus London hat mir den Link geschickt.“ setzte sie fort, unmittelbar bevor sie Hans den Computer gab. Der Mann sah einen Nachrichtenbericht, in dem ein alter Fischer über etwas erzählte. Da der Ton aus war konnte er nichts hören und fragte darum „Was meinst du?“ Simone spulte vor und zeigte ihm das Video wieder. Nun sah

Hans, was die Frau ihm zeigen wollte. „Ist das ein Trickfilm oder authentisch?“ fragte er zweifelnd.

Auf dem Video waren viele Wale in der Themse zu sehen. Wie auf einer Perlenschnur aufgefädelt schwammen sie nebeneinander her. „Das war vorhin in den Nachrichten von BBC. Ich glaube nicht, dass das ein Trick ist.“ sagte sie. Hans schüttelte den Kopf „Und ich sitze hier und zähle Krebse.“ stöhnte er. Er vergrößerte einen Bildausschnitt und hielt das Video an. Pottwale, Buckelwale und Schwertwale schwammen da nebeneinander. Das widersprach allem, was er bisher gelesen hatte. Und dann auch noch gar nicht weit entfernt von ihm. Simone verließ die Halle wieder, um das Video noch den anderen Mitarbeitern der Station zu zeigen.

Hans klappte den Block zu und nahm sein Telefon. Er hatte einen guten Freund, der Lotse im Londoner Hafen war. Den rief er jetzt an, der musste es ja von seinem Fenster aus sogar sehen können. „Hallo John, was machen die Wale?“ begrüßte er ihn. „Hallo Hans, was soll ich dir sagen? Du hast es ja sicher in den Nachrichten gesehen. Sonst hättest du nicht angerufen.“ hörte er den Freund erzählen. „Seit heute Morgen schwimmen die hier herum. Wir haben erst mal den Hafen geschlossen, damit keiner einen davon verletzt. Ich muss jetzt erst mal mit meinem Lotsenboot raus fahren. Wenn es etwas Neues gibt, dann melde ich mich bei dir.“ „Danke.“ sagte Hans, aber da hatte John schon aufgelegt. Es stimmte also. Hans ging in den Aufenthaltsraum hinüber, wo alle vor dem Fernseher versammelt waren.

„Da draußen passiert etwas.“ begrüßte ihn sein Chef Horst. „In den Nachrichten kam gerade, dass Pottwale in der Arktis vier Walfangschiffe versenkt haben.“ Hans dachte sofort an sein Buch aus Kindertagen. „Es geht weiter!“ rief Simone und alle hörten den nächsten Bericht. In den Nachrichten war zu sehen, wie ein großer Frachter den Hafen von London verlassen wollte und sich zwei Pottwale direkt vor seinem Bug quer legten. Das Schiff versuchte die Wale zu umfahren, doch die Wale waren immer direkt vor dem Bug. Schließlich zog ein Schlepper das Schiff wieder zurück in den Hafen. „Das ist eine Blockade.“ rief Hans und dachte daran, wie er als Student die Einfahrt einer Militärbasis mit einem Sitzstreik blockiert hatte. Nichts anderes passierte hier! Aber warum? Was war der Plan der Wale? Und hatten sie überhaupt einen Plan? Oder war es nur Zufall, dass sie gerade dort im Hafen waren?

Das Telefon klingelte und John war dran. „Ich habe gerade den Frachten in den Hafen zurück bringen müssen.“ sagte er. „Ich habe es in den Nachrichten gesehen.“ sagte Hans. „Was ist da bloß los?“ „Na wenn du das schon nicht weist!“ entgegnete ihm John am Telefon. Im Hintergrund hörte Hans, dass Horst ebenfalls telefonierte und schließlich sagte „Vor Cuxhaven schwimmen zwei Pottwale.“ Hans wäre fast das Telefon aus der Hand gefallen. Er fuhr herum und rief „Da muss ich hin!“ „Ich fliege dich.“ rief Horst und schnappte sich den Schlüssel für den Hubschrauber.

Sie liefen zusammen bis zum Hafen und sprangen in eines der Motorboote. Wenig später waren sie auf der

Düne, wo im Hangar der rote Hubschrauber startklar auf sie wartete. Gemeinsam zogen sie ihn aus der Halle und schon wenige Minuten später jagten sie im Tiefflug, nur wenige Meter über dem Meer, der Küste entgegen.

4. Kapitel

Das Lächeln der Delfine

Der von der See her kommende Wind sorgte für eine sanfte Dünung der Wellen, die sich an den Pfosten des Steges mit einem glucksenden Geräusch brachen. Die Sonne war gerade aufgegangen und doch war es schon schön warm auf dem Steg. Tanja stellte die Badelatschen am Anfang des Steges ab und legte ein Handtuch dazu. Sie legte die Hand über die Augen, doch die niedrig stehende Sonne schien direkt in ihr Gesicht.

Mit einem Eimer voller Fisch betrat die Frau den Anleger. Sie setzte sich an die Seite und ließ die Beine ins Wasser der kleinen Bucht hängen. In ein paar Minuten würden die Delfine da sein, wie jeden Tag. Erst vor ein paar Minuten war sie aufgestanden, hatte die Fische in den Eimer gelegt und später würde sie noch mit den Delfinen eine Runde durch die Bucht drehen. Das war angenehmer als Duschen und vor allem viel aufregender.

Direkt vor ihr tauchte Charly, der Delfin mit der schwarzen Schnauze, auf und begrüßte sie mit einem Pfeifkonzert. Auch die anderen Delfine versammelten sich vor Tanjas Beinen und die Frau begann einen Fisch nach dem anderen an die Delfine zu verteilen. Als der Eimer leer war, zog sie ihr T-Shirt aus und sprang im Bikini in die Bucht. Zuhause in Helgoland hätte sie einen Neoprenanzug gebraucht, aber hier in Florida war es schön warm im Wasser. Charly bot wie jeden Tag seine

Flosse an und zusammen sausten sie aus der Bucht hinaus. Die Gruppe folgte ihnen zu beiden Seiten und eine Stunde später waren sie alle wieder am Steg. Tanja dankte ihrem Begleiter und Charly nickte.

Sie nahm das Handtuch und trocknete ihr dunkelblondes, langes Haar, das sie gerade eben, im Wasser, noch zu einem Pferdeschwanz zusammengebunden hatte und das sie, nachdem es trocken war, auch wieder mit einem Gummiband zusammenzog. Sie warf sich das Handtuch über die Schulter und schaute noch ein paar Minuten auf die Bucht hinaus.

Mit dem nun leeren Eimer ging die Frau zurück zu der Baracke. Sie stellte ihn in die Ecke der Küche, wo er bis zum nächsten Tag stehen bleiben würde. Die anderen Mitarbeiter kamen gerade in den Raum und alle begrüßten sich herzlich. Andrew, der Chef des Camps, sagte zu Tanja „Dein Handy hat vorhin geklingelt. Vielleicht war es etwas Wichtiges.“ Tanja dankte ihm und ging in den Flur, wo sie vorhin das Telefon abgelegt hatte. Hans ihr Freund hatte angerufen. Schnell drückte sie die Wahltaste und lauschte auf die Ruftöne.

„Hallo Tanja, hast du schon Nachrichten gehört?“ fragte Hans aufgeregt „Nein noch nicht. Was gibt es denn?“ „Das glaubst du mir sowieso nicht. Schalte deinen Fernseher an.“ antwortete Hans und hatte schon wieder aufgelegt. „Na so was.“ dachte die Frau und ging schnell in die Küche zurück. Sie schaltete den Nachrichtesender ein und blieb mit offenem Mund vor dem Fernseher stehen. In einer Sondersendung wurde aus dem Londoner Hafen berichtet. Sie sah die Wale, die das Schiff zur Umkehr bewegten und in der Laufleiste laß sie, das fast alle großen Häfen der Welt von ähnlichen Vorfällen zu berichten hatten. „Mein Gott.“ entfuhr es ihr und alle in der Küche kamen zu ihr.

Wo gerade noch morgendliches Lachen erklungen war, konnte man nun die Zeiger der Uhr sich bewegen hören. Alle starrten ungläubig auf die sich immer wiederholenden Bilder. Andrew stürzte zu seinem Telefon und rief bei seiner Universität an. Dort wurden die Nachrichten bestätigt. Irgendetwas Sonderbares ging in der Welt vor. Tanja ging zurück zur Bucht und rief nach Charly. Wenig später tauchte der Delfin vor ihr auf. „Was ist da los?“ fragte sie den Delfin, so als ob er die Antwort wusste und sie ihr auch sagen konnte. Charly hielt den Kopf schief und schien sie anzulächeln. Dann schwamm er auf die Bucht hinaus, wo in der Mitte die Finne eines Schwertwales auftauchte.

Tanja hielt die Luft an. Aber wie selbstverständlich schwamm der kleine Delfin zu dem großen Meeresräuber, der bestimmt fünfmal so groß war wie er selbst, und der ihn mit einem Biss töten konnte, doch nichts passierte. Sie berührten sich mit den Schnauzen und wendeten sich dem offenen Meer zu. Seite an Seite verließen die beiden Meerestiere die Bucht und ließen die Frau mit offenem Mund auf dem Steg stehen.

„Andrew schnell das Boot!“ rief sie, als sie sich wieder gefasst hatte. Den Schlüssel in der Hand kam der Mann auf den Steg gelaufen. „Hinterher!“ sagte Tanja und zeigte auf die sich schnell entfernende Finne. Während Tanja das Seil löste startete der Mann schon den Motor. In einem Abstand, in dem er die Finne noch sehen konnte, aber den Wal nicht störte, fuhr er den beiden hinterher.

Glatt wie ein Spiegel lag die See vor ihnen. Tanja und Andrew fuhren mit dem Boot schon seit einer Stunde dem Schwertwal hinterher. Sie wussten, ohne ihn zu sehen, dass Charly neben dem Wal her schwamm. Schnurgerade war ihr Kurs, so als hätten sie ein fernes Ziel und wollten auf dem kürzesten Weg dorthin. Als Tanja nach hinten schaute, sah sie, dass die anderen Delfine im Fahrwasser des Bootes hinter ihr her schwammen.

Von allen Seiten sahen sie Schwertwale und Delfine kommen. Andrew musste das Boot stoppen, um keinen der Wale zu verletzen. „Nimm die Kamera, das glaubt uns sonst hinterher keiner.“ sagte er zu Tanja. Über eine Fläche von mehreren Quadratkilometern lag Wal neben Delfin. Es waren sicher etwa hundert Schwertwale und tausende Delfine. Sie hätten trockenen Fußes hinüber gehen können, so gering waren die Abstände zwischen den Tieren. „Was ist hier los?“ fragten sich die beiden Menschen im Boot. Normalerweise jagten Schwertwale die Delfine und ernährten sich von diesen, aber hier lagen sie einträchtig nebeneinander. Die Frau fotografierte und plötzlich löste sich der Auflauf wieder auf, bis nur noch Charly bei ihnen am Boot war.

Tanja schaute den Delfin an und sagte „Wenn du es mir nur erklären könntest.“ aber der Delfin lächelte sie nur an und Pfiff. Zusammen machten sie sich auf den Rückweg zu der Bucht, wo sie am Steg schon von den anderen erwartet wurden.

Charly sprang kurz in die Luft und klatschte wieder in das Wasser der Bucht, danach schwamm er auf das offene Meer hinaus. Die Gruppe am Steg bestaunte die Fotos von der Walversammlung, die Tanja ihnen im Display der Kamera zeigte.

5. Kapitel

Auf hoher See

Der Hubschrauber schien mit seinen Kufen fast das Wasser zu berühren, so tief flog Horst über die Nordsee dahin. „Flieg mal ein bisschen höher, nicht das wir noch einen Segler rammen.“ sagte Hans über den Bordfunk und der Pilot zog den Hubschrauber hoch. Gerade noch rechtzeitig, weil vor ihnen ein Buckelwal aus dem Wasser sprang. „Wow.“ war das einzige, was Horst sagen konnte, doch er war sichtbar bleicher geworden. „Das war knapp.“ sagte Hans als er nach hinten schaute.

Immer weiter flogen sie geradeaus, die Küste lag nun vor ihnen und die Kugelbake, der Übergang von Elbe zu Nordsee, lag genau unter ihnen. Bis auf den Buckelwal hatten sie nichts weiter gesehen. Unter ihnen an der Bake und auf dem Weg über dem Deich sahen sie hunderte Menschen stehen. Horst umkreiste die Erhebung mit dem Seezeichen ein paar Mal und setzte dann auf dem Parkplatz eines Autohauses auf. Es war die einzige freie Stelle gewesen.

Die beiden Männer liefen zum Hafenmeister und betraten dessen Büro. „Wir brauchen ein Boot. Wir müssen zu den Walen.“ sagte Hans nachdem er seinen Ausweis gezeigt hatte. Der Hafenmeister antwortete Kopfschütteln „Da könnt ihr zu Fuß hin.“ „Sind die etwa gestrandet?“ fragte Horst aufgeregt „Nein. Kommt mit.“ sagte der Hafenmeister, nahm seine Mütze und das

Fernglas und lief mit den beiden Wissenschaftlern zum Hafeneingang hinüber.

Im Hafen waren hunderte Menschen und auf einmal sah Hans eine schwarze Spitze die die Menschen überragte und sich von rechts nach links bewegte. „Uff.“ sagte er und zeigte darauf. „Ich hätte es nicht besser sagen können.“ sagte der Hafenmeister mit einem Zwinkern. Als die drei am Hafenbecken waren, konnten sie zwei Schwertwale, keine fünf Meter vor sich, im Wasser sehen. Viele Menschen machten Fotos von den beiden Tieren „Ich habe schon mal Schwertwale gesehen. Aber noch nie in der Elbe.“ sagte der Hafenmeister und verschränkte die Arme vor der Brust.

„Es soll hier auch Pottwale geben?“ fragte Hans, nachdem er sich von dem Anblick der Wale erholt hatte. Der Hafenmeister nickte wortlos und stieg den Anleger hinauf. Er drückte Hans das Fernglas in die Hand und sagte „Heute früh waren es zwei, jetzt sind es schon zehn.“ „Und ein Buckelwal folgt noch.“ sagte Horst, als er an seine Begegnung auf der offenen See dachte. Eine Gänsehaut lief ihm bei den Gedanken über den Rücken. Hans schaute auf die Elbe hinaus und konnte die Wale ganz deutlich sehen.

Sie versperrten den ganzen Fluss, indem sie nebeneinander im Fahrwasser schwammen. Zwischen ihnen schwammen einige Schwertwale. Von Hamburg, die Elbe entlang, sah Hans zwei große Frachter kommen. „Hat die den niemand informiert?“ fragte er den neben ihn stehenden Hafenmeister. Der kratzte sich am Kopf und sagte dann „Eigentlich schon.“ dann verschwand er schnell vom Anleger und lief in sein Büro. Seinen Platz nahm nun der Chef der Hafenpolizei ein. „Wollen sie da nicht einschreiten?“ fragte ihn Horst, doch der Polizist zeigt nur auf die Schwertwale, die sein Boot blockierten und antwortete resigniert „Soll ich die Wale wegen falsch Parken verklagen?“

Die beiden Frachter kamen immer näher und vermutlich hatte der Hafenmeister die Kapitäne über Funk erreicht, denn sie stoppten unmittelbar vor dem ersten Wal. Mehrere Pottwale legten sich direkt quer ins Fahrwasser vor die Schiffe. Vorwärts war nun nicht mehr möglich und fürs zurück war das Fahrwasser viel zu schmal, die beiden Frachter konnten nicht wenden und weiter hinten schob sich auch schon ein riesiger Containerfrachter heran. Die drei Schiffe blockierten nun vollständig das Fahrwasser. Ein Durchbruch war nicht möglich, ohne die Wale zu verletzen und das hätten die Zuschauer sicher nicht zugelassen.

Immer mehr Menschen versammelten sich auf dem Anleger und einige hatten schon Transparente dabei mit „Rettet die Wale!“ und „Tierschutz geht vor!“ die beiden Wissenschaftler konnten nur zusehen, wie die Wale die ganze Elbe blockierten. Gemeinsam gingen sie mit dem Polizisten zurück zum Hafenmeister. „Und nun?“ fragte Hans. Alle zuckten mit den Schultern. Der Hafenmeister fand schließlich als Erster ein paar Worte und sagte „Solange die Wale hier sind, ist die Elbe dicht. Ich habe schon in Hamburg angerufen, aber zurück können die

Frachter nicht.“ Auf ihrem Rückweg zum Hubschrauber gingen die beiden Wissenschaftler am Hafenbecken entlang. Während einer der Wale die Hafenausfahrt blockierte, spielte der Andere mit einem Kind Ball. Alles sah so schön friedlich aus und doch war es eine wirtschaftliche Bedrohung.

Hans trat ganz nah an die Kaimauer heran und der Schwertwal schwamm genau zu dieser Stelle. Der Wissenschaftler kniete sich hin und hielt seine Hand nach vorn. Der Wal stupste mit seiner Schnauze daran und Hans fragte ihn laut „Was habt ihr vor?“ doch eine Antwort erhielt er nicht. Der Wal wendete sich wieder dem Ball zu und schubste ihn aus dem Wasser in die Hände des kleinen Jungen, der neben Hans stand.

Als der Wissenschaftler den spielenden Wal so anschaute kam ihm eine Eingebung „Das ist ein friedlicher Protest.“ sagte er laut und einige der umstehenden nahmen den Satz sofort auf. Hans stand auf und schaute in das fragende Gesicht seines Chefs. „Das ist wie damals in meiner Studienzeit. Wir haben damals Militärbasen besetzt, um gegen etwas zu demonstrieren und die machen das so, indem sie unsere Häfen blockieren. Nur was sind ihre Forderungen?“ sagte Hans. Horst zuckte mit den Schultern und setzte schließlich hinzu „Wie sollen sie sich denn uns verständlich machen?“ Gemeinsam gingen sie zum Hubschrauber zurück.

Auf dem Rückweg drehten sie ein paar Runden um die drei Frachter und Hans fotografierte die Wale in der Elbe, danach wendeten sie sich der Heimat zu und flogen auf dem kürzesten Weg nach Helgoland zurück. Immer noch überlegend, wie die Wale mit ihnen kommunizieren könnten. Vielleicht hatte seine Freundin Tanja eine Idee. Sie war ja in Florida und übte mit Delfinen und da hatte sie schon gute Erfahrungen gemacht.

Als sie wieder auf der Düne gelandet waren, erwartete sie dort schon Hein Hansen, der alte Kapitän des Seenotkreuzers, der jetzt in Rente war. Hans zeigte ihm die Bilder von der Elbe und zusammen fuhren sie mit dem Boot zurück zur Hauptinsel. In seinem Büro angekommen wählte Hans die Nummer seiner Freundin.

6. Kapitel

Wo ist das Problem?

Tanja war wieder in die Baracke zurück gegangen, während die Anderen noch draußen am Steg standen. Sie setzte sich an ihren Arbeitsplatz, schaute zur Uhr und überlegt. Sieben Stunden später war es jetzt in Helgoland. Also immer noch viel Zeit. Es war bei ihr gerade kurz nach Mittag. Zuerst würde sie aber die Bilder auf ihren Computer laden und danach Hans in der Heimat anrufen. Sie suchte sich zehn Bilder aus und schickte sie vorab schon mal per E-Mail los. Danach wählte sie die Nummer ihres Freundes.

„Hallo Hans. Mir ist da heute früh was passiert." begann sie, doch ihr Freund fiel ihr ins Wort „Mir auch!" und dann begann er von seiner Begegnung mit dem Wal zu erzählen. Nach einer ganzen Weile kam Tanja dann endlich auch zum erzählen „Da waren vermutlich alle Wale und Delfine aus hundert Kilometern Umgebung zusammen gekommen." Im Hintergrund hörte sie Andrew ans Telefon gehen. Schließlich unterbrach er sie bei ihrem Telefonat.

„Der Sheriff von Palm Beach hat mich gerade angerufen. Im Beach State Park stimmt etwas nicht. Die Badenden berichten von ein paar Schwertwalen vor der Küste. Wir sollen da mal hinfahren und uns mit ihm dort treffen." Tanja verabschiedete sich von Hans und Andrew holte die Schlüssel zum Auto. Waren sie vorhin mit dem

Boot unterwegs gewesen, so jagten sie nun mit dem Pick Up die Straße entlang. Der großen Stadt entgegen.

Tanja erzählte von dem Anruf ihres Freundes und seinem Erlebnis mit dem Wal in der Elbe. „Kann es da einen Zusammenhang zu den Geschehnissen hier bei uns geben?“ fragte sie Andrew. Der überlegte kurz und antwortete dann „Das ist doch so weit weg. Ich kann mir das nicht vorstellen. Aber du bist ja bei uns die Walexpertin. Was meinst du?“ Dazu hatte Tanja auch keine Antwort. Die Palmen sausten nur so am Autofenster vorbei und von Zeit zu Zeit konnte die Frau dazwischen auch das Meer sehen.

Als sie fast da waren, erinnerte sie sich an den Anruf, wegen dem sie ja aufgebrochen waren. „Hat er noch etwas erzählt?“ fragte Tanja, während sie die Kamera überprüfte. Andrew schüttelte den Kopf und fuhr die Einfahrt zu dem Strand langsam hinein. Ein paar Polizeiwagen standen an der Seite und sie stellten das Auto dahinter ab. Da sie das Zeichen des Nationalparks auf der Autotür hatten, wurden sie gleich von einer jungen Polizistin abgeholt und zum Sheriff gebracht. Der stand mit ein paar anderen Polizisten auf dem Turm der Rettungsschwimmer.

„Und was ist nun euer Problem?“ hörte Tanja den Sheriff die Rettungsschwimmer fragen, als sie hinter Andrew und der Polizistin die Leiter nach oben kletterte. Als sie oben stand entfuhr ihr ein „Mein Gott!“. Tanja hatte deutsch gesprochen, aber es hatte sie auch so jeder verstanden. Unmittelbar vor dem Strand schwammen sicher zwanzig Schwertwale hin und her. Da wo sonst die Kinder mit den Delfinen schwammen, zogen die massigen Körper der Orcas ihren Weg durch das Meer.

„Mit Haien kennen wir uns aus. Aber was sollen wir hier den Leuten sagen?“ fragte einer der Rettungsschwimmer und zeigte nach draußen. „Das sind doch nur Wale.“ sagte der Sheriff und wollte gerade den Turm wieder verlassen als Andrew begann „Die Schwertwale, oder Orcas, stehen auf der Nahrungstreppe auf derselben Stufe wie der weiße Hai. Sie sind aber noch viel intelligenter. Lassen sie niemanden in die Nähe des Wassers, Orcas holen sich ihre Beute auch vom Land.“ Die Rettungsschwimmer und die Polizisten stiegen vom Turm und räumten gemeinsam den Strand.

Andrew und Tanja machten ein paar Fotos vom Turm aus, als sie sahen, dass ein junger Mann mit seinem Surfbrett die Absperrung durchbrach und schnell zum Wasser lief. Er war noch keine zwanzig Meter weit im Meer, als einer der Orcas ihn mit der Schwanzflosse von seinem Brett holte und ihn am Bein schnappte. Ein Schrei ging durch die Besucher am Strand. Der Orca schoss mit dem schreienden Mann eine ganze Strecke am Meer entlang, bis er zum Strand drehte und mitsamt seines Opfers auf den Strand schwamm. Dort ließ er dem Mann in den Sand fallen und robbte über den Sand zum Meer zurück.

Ein anderer Wal biss in das Surfbrett und beförderte es mit einem kräftigen Schlag der Fluke mitten unter die erstarrt dort stehenden Badegäste. Andrew, Tanja und zwei der Rettungsschwimmer liefen auf den verletzten Mann zu. Die Zähne des Wals hatte sein Bein schwer verletzt, aber er lebte noch. Sie zogen ihn vom Wasser weg und verbanden die Wunde. Als der Rettungswagen kam, zeigte der Sheriff Andrew und Tanja das Surfbrett. Es fehlte ein gewaltiges Stück

„Das war nur eine Warnung des Wals. Er hätte den Mann ganz leicht töten können." sagte Tanja. Der Polizist nickte und schob die Mütze ins Genick. „Und nun?" fragte er. „Lassen sie den Strand sperren, solange die Wale hier sind." sagte Andrew, bevor sie wieder ins Auto stiegen. Der Polizist nickte und wies seine Leute ein. „Wollen sie das Brett?" fragte er schließlich die beiden Wissenschaftler unschlüssig. „Legen sie es hinten drauf." sagte Tanja vom Beifahrersitz aus. Wenig später war der Strand geschlossen und die beiden Wissenschaftler auf dem Heimweg.

Tanja überprüfte die Fotos noch während der Fahrt. Plötzlich stutzte sie und verglich eines mit den Fotos, die sie früh beim Treffen der Wale gemacht hatte. Immer wieder verglich sie zwei Bilder. Schließlich sagte sie „Der Wal, der den Surfer vorhin im Maul hatte, war derselbe, der heute früh mit Charly in der Bucht war. Ich habe die Finnen verglichen. Es ist definitiv dasselbe Tier." Andrew fragte nach „Und du irrst dich nicht?" Tanja schüttelte den Kopf „Die Finnen der Schwertwale sind wie unsere Fingerabdrücke. Es gibt keine zwei identischen."

„Wenn wir unsere Rückfahrt mit dem Boot und den Anruf des Sheriffs berücksichtigen, muss der Wal direkt zum Strand geschwommen sein.“ folgerte Andrew. „Und das auch noch ziemlich schnell.“ setzte Tanja hinzu. Als sie zur Baracke einbogen lief Carmen, Andrews Frau, ihnen schon aufgeregt entgegen. „An allen Stränden der Umgebung blockieren Wale den Zugang zum Wasser“ sagte sie. Die beiden im Auto sahen sich verstehend an. Das war eine gemeinsame Aktion der Wale und die Versammlung im Meer war der Auslöser gewesen.

7. Kapitel

Eine Drohung

Hans hatte die ganze Nacht schlecht geschlafen. Es hatte lange gedauert, bis er überhaupt die Augen schließen konnte. Im Traum hatte er sich dann in dem Buch seiner Kindertage gesehen. Er war der Kapitän, der Moby Dick verfolgte, aber er wollte ihn nicht fangen, sondern nur befragen. Auge in Auge mit dem weißen Wal stand er da und fragte ihn „Warum?“ Der Wal öffnete sein Maul und ... in dem Moment klingelte der Wecker. „Mist.“ dachte Hans „Konnte das nicht noch ein paar Minuten Zeit gehabt haben?“ stöhnte er. Aber ein Traum wäre sicher nicht wissenschaftlich verwertbar gewesen. Wer weiß, was seine Kollegen gesagt hätten.

Er stand auf und ging unter die Dusche. Das kalte Wasser vertrieb die Spuren der schlechten Nacht. Danach ging er in seine Lagerhalle. Die „Halle der Hummer“ wie er sie oft scherzhaft nannte. Mit Block und Stift ging er wieder seiner gewohnten Tätigkeit nach. Wiegen, messen und aufschreiben. Die Tür der Halle flog auf und Simone stürzte herein. „Na wieder eine E-Mail?“ fragte Hans, doch die Sekretärin zeigte wortlos nur nach draußen und verschwand wieder aus der Halle.

„Na da muss ja was Wichtiges passiert sein, wenn selbst die sonst so gesprächige Frau keine Worte mehr findet.“ dachte sich der Wissenschaftler, legte den Block auf eines der Becken und lief der Frau hinterher. Als er die Halle umrundet hatte blieb er wie angewurzelt stehen.

Das Kinn klappte ihm herunter und nun war er es, der keine Worte fand. Direkt vor ihm, keine fünfzig Meter entfernt, da wo sonst die Schiffe aus Hamburg im Hafenbecken ankerten, schwamm der große, weiße Wal aus seinem Traum. Hans rieb sich die Augen, doch der Wal blieb und es war kein Traum!

Der Wal war sicher mehr als zwanzig Meter lang und lag so ruhig da, als wäre es das natürlichste der Welt, dass ein großer, weißer Pottwal vor Helgoland schwamm. Die ganze Inselbevölkerung stand schon am Anleger und starrte das Tier an. Hans suchte sich auch einen Platz und stellte sich neben Hein. „Hast du so was schon mal gesehen?“ fragte er den alten Kapitän. „In meinen sechzig Jahren zur See noch nie in der Nordsee.“ antwortete der alte Mann, nachdem er seine Pfeife aus dem Mund genommen hatte.

Da standen sie nun alle, und vor ihnen schwamm der Wal. Jetzt hatte Hans die Gelegenheit etwas zu fragen, nur wie? Hein legte seine Hand auf das Anlegergeländer und zog sie erschrocken zurück. Noch einmal, diesmal länger, legte er die Hand auf das Metall. Da war deutlich etwas zu spüren. „Hans.“ sagte er „Ich kann etwas hören.“ Er nahm die Hand des Wissenschaftlers und legte diese auch auf das Geländer.

Da war ein ganz feines vibrieren zu spüren. „Das ist das Sonar des Pottwals.“ sagte Hans. Hein nickte „Das weiß ich. Aber da ist noch mehr. Das sind Morsezeichen.“ Hans fuhr herum „Morsezeichen?“ fragte er. „Ja. Die habe ich früher gelernt, als es noch Tastenfunk auf den Schiffen gab.“ antwortete der alte Kapitän. „Und was sagt er?“ fragte Hans „Er sagt: Wir müssen reden!“ „Und du bist dir ganz sicher?“ fragte Hans, doch der alte Kapitän nickte nur.

Hans rief nach Piet, seinem jungen Praktikanten. „Kannst du mir ein Computerprogramm basteln mit dem ich Morsecode in Sprache umsetzen kann?“ fragte er den jungen Mann. „Na klar.“ antwortete Piet und rannte in sein Zimmer. Eine Stunde später, die Leute waren fast alle ihren täglichen Tätigkeiten nachgegangen, kam Piet mit seinem Laptop zurück und legte das Mikrofon an das Geländer. „Ich habe die Sprache von einem Autonavigationsgerät genommen. Was möchtest du? Mann oder Frau?“ „Er ist ein Pottwalbulle, also Mann. Aber ohne irgendeinen lustigen Akzent.“ sagte der Wissenschaftler, der seinen Praktikanten gut kannte.

„Mist, ich hatte so was Schönes in Bayrisch.“ sagte Piet mit einem Lächeln. „Ein Pottwal, der Bayrisch spricht hat mir gerade noch gefehlt.“ sagte Hans mit einem Lachen. Das Gerät lief an und nach einer kurzen Weile der Abstimmung kamen die ersten Töne aus dem Computer. „Wir müssen reden.“ immer wieder dasselbe. „Können wir auch was hinsenden?“ fragte Hans. „Ja. Wenn wir einen Unterwasserlautsprecher haben.“ sagte Horst, der gerade dazu gekommen war. Hans rannte in die Lagerhalle und holte das große Packet mit der Lautsprecherausrüstung, das schon seit Jahren verstaubt in der Ecke stand. „Hoffentlich geht das noch.“ dachte er sich.

Schnell waren die Kabel angeschlossen und die ersten Versuche gemacht. Es kam keine Antwort. Immer nur die Frage des Wals. Hein erklärte „Das ist wie Früher, wenn er immer nur sendet, dann kann er nichts empfangen.“ Hans holte zwei Sprechfunkgeräte und gab eines davon Piet. „Ich fahre mit Hein zum Pottwal raus und versuche ihn abzulenken. Wenn er dann sein Sonar nicht im Einsatz hat, dann fragen wir ihn ganz schnell.“ Der Kapitän hatte ein Schlauchboot geholt und zusammen fuhren sie die kurze Strecke über die Bucht.

Hans schaltete das Funkgerät ein und fragte Piet „Bereit?“ als der Praktikant antwortete, hörte Hans auch den Wal „Ja“ aus Piets Computer sagen. Erstaunt fragte er den Wal „Du kannst mich verstehen?“ und wieder antwortete der Wal „Ja“ Die quakige Stimme des Navigationsgerätes war zwar nervig aber gut durch das Funkgerät zu verstehen. „Was möchtest du uns sagen?“ fragte Hans, die Hand auf die Nase des Pottwals legend.

Der Wal begann langsam zu sprechen „Ihr zerstört unsere Welt und ihr zerstört eure Welt. Wir möchten, dass ihr damit aufhört. Wir haben eure Häfen und Badestrände blockiert, damit ihr uns zuhört.“ „Was können wir tun?“ fragte der Wissenschaftler und der Wal schwieg kurz danach setzte er wieder ein „Das müsst ihr selbst herausfinden Wir werden die Häfen weiter blockieren und alle Schiffe, die die Ausfahrt erzwingen wollen, versenken. Ich gebe euch eine Woche, in der ihr Menschen euch bereden könnt. Ich werde jeden Tag hier sein und auf deine Antwort warten“ mit diesen Worten drehte der Wal um und ließ die verdutzten

Wissenschaftler zurück. „Hoffentlich habt ihr das Aufgezeichnet.“ sagte Hans nach einer Weile. „Jeden Ton.“ sagte Piet durch das Funkgerät.

Hein steuerte das Schlauchboot zurück zum Anleger und die Beiden stiegen aus, nachdem er es fest gemacht hatte. „Und nun?“ fragte Hans seinen Vorgesetzten. „Wir müssen an die Presse gehen. Diese Nachricht ist für alle Menschen bestimmt und nicht nur für uns vier hier auf diesem Steg.“ Hans nickte und Horst lief zurück zu seinem Büro.

8. **Kapitel**

Mit aller Gewalt

Nur das Rufsignal war zu hören und dann die Mailbox. Tanja versuchte nun schon seit einer halben Stunde Hans zu Hause zu erreichen. „Mist.“ dachte sie sich und schnappte sich den Eimer mit den Fischen. Würden die Delfine auch heute wieder in die Bucht kommen? Still lag das Meer da, kaum eine Welle brach sich am Strand. Wie immer setzte sie sich auf den Anleger. Nichts passierte. Kein Charly steckte Pfeifend seine Schnauze aus dem Wasser und auch die anderen Delfine waren nicht zu sehen. „Ein wirklich toller Tag.“ sagte Tanja laut und wie auf Kommando sah sie eine große Schwarze Flosse mitten in der Bucht auftauchen.

Es war die Finne eines Schwertwals und es war der, der gestern den Surfer verletzt hatte und der mit Charly aufs Meer zur Versammlung, sie lächelte bei dem Wort, geschwommen war. Das konnte sie an der Finne ganz deutlich sehen. Was wollte der Wal hier? Da sie ja nun schon mal die Fische im Eimer hatte, konnte sie die ja auch dem Wal geben, statt sie wieder mit zurück in die Küche zu nehmen. Das Wasser war aber für den Wal zu flach. Tanja schaute sich um, am Anleger war das kleine Schlauchboot festgemacht. Sollte sie mit dem Boot hinüber fahren? Würde ihr der Wal etwas tun?

Sie nahm all ihren Mut zusammen und stieg in das Boot, sie nahm den Eimer herein und macht das Seil los. Vorsichtig paddelte sie langsam auf das Tier zu, dass sie in der Mitte der Bucht erwartete. Der Wal zeigte keine Regung und blieb einfach dort, wo er war. Tanja hatte damals „Free Willy“ gesehen und danach beschlossen Meeresbiologie zu studieren, aber nun schaute sie in das Zahnbewehrte Maul des Wales direkt vor sich. Ein Biss und das Schlauchboot wäre zerrissen! Wieder dachte Tanja an den Surfer. Sie nahm den ersten Fisch aus dem Eimer und hielt ihn dem Wal hin. Ganz vorsichtig, fast schon behutsam, nahm der Wal den Fisch und schluckte ihn herunter. Nichts erinnerte im Moment an das Tier, das am Vortag den jungen Mann so zugerichtet hatte.

Als der Eimer leer war, legte Tanja die Hand auf die Nase des Wals und der ließ sich auch das gefallen. Beide schauten sich in die Augen und es war so etwas wie ein gegenseitiges Vertrauen zwischen den beiden. Andrew kam aus der Baracke und rief nach Tanja, er blieb am Anfang des Anlegers wie versteinert stehen, als er die Frau mit dem Wal in der Mitte der Bucht sah. Tanja ruderte langsam zurück und gab dem Mann das Seil. „Ist das nicht derselbe Wal?“ fragte er und die Frau nickte. Es war ja alles gut gegangen. Zusammen standen sie auf dem Steg und schauten zu, wie sich der Wal langsam aufs offene Meer entfernte. „Was wolltest du von mir?“ fragte Tanja schließlich und Andrew zog sie wortlos in die Unterkunft zurück, wo die anderen vor dem Fernsehen Nachtrichten schauten.

Sie erkannte den Anleger von Helgoland und ihren Freund. Er erzählte gerade einem Fernsehteam von der Nachricht eines Pottwals, die er erhalten hatte. Daher hatte sie ihn also nicht erreichen können. Gebannt schaute sich auf den Bildschirm und hörte den Neuigkeiten zu. Sie dachte an den Wal vorhin in der Bucht. Vielleicht konnte sie auch mit ihm reden?

Einige Kilometer entfernt sahen, im Hafen von Miami auf einer Fregatte, auch einige Offiziere diesen Fernsehbericht. „Ich lasse mir doch von einem Fisch nicht die Ausfahrt verwehren.“ Schimpfte der Kapitän. Er wollte sofort wieder zurück in seinen Heimathafen nach Mayport. Befehle hallten über das Deck.

Wenig später machten die zweihundert Männer auch schon das Schiff zum Auslaufen klar. Hier im Hafen konnten sie nur langsam fahren und die Ausfahrt kam immer näher. Sie fuhren in der Mitte des Kanals, als der erste Offizier noch einmal daran erinnerte „Der Wal hat gesagt, dass sie jedes Schiff versenken werden, dass sich dem Ozean nähern wird.“ Doch der Kapitän winkte nur ab und schaute nach vorn auf die offene See. Er ließ alle Gefechtsstationen besetzen, doch hier im Hafen, bei all den Menschen, konnte er ja sowieso nichts gegen die Wale unternehmen. Die Sirene heulte durch das Schiff, das war zwar voll bewaffnet und die 76 mm Kanon am Bug schwenkte angriffslustig hin und her, doch sie war genauso nutzlos wie alle anderen Waffen hier an Bord. Alles war gegen andere Schiffe konzipiert, nicht gegen Wale!

Auf dem South Pointe Park Pier von Miami Beach trafen sich gerade viele Menschen, um die Wale direkt vor der Küste zu beobachten. Lisa, ein kleines siebenjähriges Mädchen, mit roten Haaren und Sommersprossen, saß auf den Schultern ihres Vaters, um alles noch besser sehen zu können. Aus dem Hafen schob sich ein großes, graues Schiff an ihr vorbei in Richtung Ozean. Die große weiße 28 war deutlich zu sehen. Sie sagte „Zwei, acht." Die Zahlen hatte sie gerade in der Schule gelernt. „Das ist eine Fregatte. Die USS Boone." erklärte der Vater stolz. Er hatte einst selbst auf einem Navy Schiff gedient.

Als das Schiff die Spitze des Piers passierte, wichen die Wale zur Seite. „Seht ihr!" rief der Kapitän triumphierend, aber schon wenig später berichtete der Mann aus dem Sonar über Bordfunk „Von allen Seiten habe ich Sonarkontakte!" wenig später rammten acht Pottwale in die Seite des Schiffes. Vom Pier aus sah man das Schwanken der Schiffsmasten und Antennen. Das ganze Schiff vibrierte und der Kapitän drehte so schnell er konnte um. Schon hatte das Schiff Schlagseite, so schnell strömte das Wasser ein. Die schweren Wale hatte an vielen Stellen die Bordwand aufgerissen. Direkt vor Lisa und ihrem Vater setzte das Schiff auf Grund auf.

Alle Mann sprangen über Bord und wurden von den Besuchern am Pier aus dem Wasser gezogen. Von der Stadt her kamen Krankenwagen gefahren, aber außer Platzwunden und Verstauchungen war niemanden etwas passiert. Der Kapitän und sein erster Offizier standen auf der Brücke und sahen wie das Wasser das Deck überspülte. Nur noch die Aufbauten schauten über dem Wasser heraus und damit war die Hafenausfahrt nun endgültig gesperrt. Hinter ihnen schwammen die Wale wieder vor die Küste und wurden von den vielen Schaulustigen bejubelt. Die beiden Offiziere stiegen währenddessen in ein Schlauchboot der Hafenpolizei und wurden an Land gebracht. Der gewaltsame Durchbruch hatte zu nichts geführt.

9. Kapitel

Wissenschaftler unter sich

Den ganzen Vormittag waren Hubschrauber vom Festland auf die Insel geflogen. Auf dem Anleger standen hunderte von Wissenschaftlern und Horst versuchte sie alle irgendwie zu beschäftigen, während Hans im Schlauchboot bei dem Wal war. „Horst ist wirklich nicht zu beneiden.“ dachte sich Hans. Da war ihm das hier viel lieber. Mitten in einer Unterhaltung brach der Wal kurz ab und wendete seinen Kopf nach hinten. Hinter ihm zeigte sich ein Buckelwal und die beiden schienen sich auf eine fremde, den Menschen nicht verständliche, Art zu unterhalten.

„Ich hatte euch doch gesagt, dass wir alle Schiffe versenken werden, die unsere Blockade durchbrechen wollen.“ Setzte er mit der quakigen Stimme des Navigationsgerätes fort, nachdem der Buckelwal wieder verschwunden war. „Welches Schiff? Wo?“ fragte Hans überrascht und erschrocken. „Ein Großes, auf der anderen Seite des Meeres.“ setzte der Wal hinzu und Hans sah wie einige der Wissenschaftler die Telefone zogen. Wenig später rief ihm Horst zu, dass vor Florida gerade ein Kriegsschiff gesunken war. „Es gab aber keine Opfer.“ rief Horst noch hinterher.

Wie konnte der Wal das so schnell erfahren? Vermutlich hatte der Buckelwal es von einem anderen Wal übermittelt bekommen. Sie standen sicher alle miteinander im Kontakt, und jetzt, da es keine Schiffe mehr gab, die ihre Unterhaltung stören konnten, waren die paar tausend Kilometer Distanz für sie kein Problem mehr. „Diese Tiere sind wirklich unglaublich.“ dachte sich Hans. Beinahe schon liebevoll strich er über die Nase des Pottwals, dann verabschiedete er sich von ihm und fuhr zurück zum Anleger. Der Wal nickte kurz und schwamm dann auf die See hinaus.

Als Hans wieder auf dem Anleger stand bestürmten ihn alle dort versammelten Wissenschaftler mit ihren Fragen. „Schreibt mir alle eure Fragen auf und ich werde sie dem Wal morgen früh stellen. Dann hört ihr die Antworten. Horst, kannst du bitte alles aufschreiben?“ sagte Hans sich mühsam des Ansturms erwehrend. „Lasst mich doch erst mal zur Ruhe kommen. Ich muss erst mal was essen und trinken, ich habe stundenlang da draußen gesessen.“ sagte Hans und zeigt mit der Hand hinter sich aufs Meer. Dann ging er ohne ein Wort zurück in den Aufenthaltsraum, aber auch dahin verfolgten ihn die Wissenschaftler mit ihren Fragen.

Er verschwand daher kurz in der Hummer Halle, um durch einen Seiteneingang zu entwischen, was ihm auch gelang. In einer der kleinen Gaststätten konnte er dann doch noch Mittag essen, obwohl das schon Stunden her war und es eher ein verfrühtes Abendessen war. Sein Telefon klingelte und er sah a der angezeigten Nummer, dass es seine Tanja war. „Hier ist vielleicht was los.“ Begann er das Telefonat. „Hallo Tanja.“ Setzte er fort und erzählte von seinem Erlebnis mit dem Wal und der Geschichte von dem untergegangenen Schiff. „Das muss doch ganz in eurer Nähe sein?“ fragte er. Er hörte wie

Tanja jemanden fragte und dann am Telefon sagte „Davon wissen wir noch gar nichts.“ Nach einer kurzen Zeit antwortete sie dann „In Miami ist ein Kriegsschiff auf Grund gegangen. Seltsam, dass der Wal das über die Entfernung eher wusste, als wir hier direkt ein paar Kilometer entfernt.“

Danach erzählte sie von ihrem Erlebnis mit dem Schwertwal vom Vormittag. „Glaubst du, dass ich mich auch mit ihm verständigen kann?“ fragte sie schließlich, aber darauf hatte Hans natürlich keine Antwort. „Versuche es einfach mal.“ riet er ihr einfach zum Ende des Gesprächs. Durch das Fenster sah er die ersten Wissenschaftler die Straße entlang kommen und duckte sich hinter einen der Tische. Die Kellnerin brachte ihn schließlich durch die Küche auf den Hinterhof, wo er in Ruhe etwas frische Luft schnappen konnte, ohne von seltsamen Fragen gestört zu werden. Jetzt sehnte er sich schon fast zu der Ruhe seiner Hummer zurück.

Wieder klingelte sein Telefon. Diesmal war es Horst. Für einen Moment dachte Hans, dass es besser wäre, nicht ran zu gehen, doch dann überwiegte sein Pflichtgefühl. „Wo bist du? Du musst zur UN!“ rief Horst durch das Telefon „Zur UN? Nach New York?“ fragte Hans ungläubig, doch sein Chef bestätigt. „Ich warte am Schlauchboot und bringe dich zum Hubschrauber!“ sagte Horst und Hans ging seine Sachen holen.

Noch vor einer Woche hatte er die Hummer gewogen und Wale nur von Büchern her gekannt. Jetzt nun war er

„Der Walexperte“ und sollte zu UN. Jeder wollte etwas von ihm, die Fernsehteams jagten ihn über die Insel und er musste sich unterm Tisch verstecken, wie gerade eben. Er schüttelte den Kopf und sagte laut vor sich hin „Sachen gibt’s!“ sein Telefon klingelte wieder, als er gerade sein Zimmer betrat, diesmal war es wieder Tanja „Ich fliege über den großen Teich. Zur UN!“ sagte er schließlich, während er seine Sachen in den Koffer warf.

„Vielleicht schreibe ich noch ein Buch, oder werde Professor in meiner alten Universität.“ dachte er mit einem Lächeln, als er die Tür zu seinem Zimmer hinter sich zuzog. Er ging den Weg zum Fahrstuhl, der ihn in die Unterstadt bringen sollte und nahm dann aber doch die Treppe hinunter. So konnte er noch einen Blick über die Bucht werfen. Hinter ihm ging langsam die Sonne unter und warf schon lange Schatten auf das Meer, wo vorhin noch der Wal geschwommen war.

Erschrocken dachte er an das nächste Treffen mit seinem Wal. Hatte er gerade „Mein Wal“ gedacht? Er lächelte und ging zu Piet und sie besprachen die Kontaktaufnahme für den nächsten Morgen. Hans schrieb sich die Nummer des Satellitentelefons auf, das er Piet in die Hand drückte. Am nächsten Morgen würde dann Hein das Telefon dem Wal an das „Ohr“ halten und die Verbindung wäre auch hergestellt.

Am Anleger warteten Hein und Horst schon mit dem Schlauchboot. „Na alle anderen Wissenschaftler beschäftigt?“ fragte Hans mit einem Schmunzeln. „Frag lieber nicht.“ sagte Horst und verzog das Gesicht. „Ich bin froh, dass ich dich fliegen kann.“ wenig später waren sie auch schon übergesetzt und in den Hubschrauber gestiegen. „Du bekommst einen Privatjet für den Flug über den Atlantik. Du musst aber ein paar Minister unterwegs ertragen.“ Hans schüttelte ungläubig den Kopf und nach einer kurzen Flugzeit landeten sie neben dem Flugzeug. Die beiden verabschiedeten sich mit einem Handschlag und kurz darauf hob das Kleinflugzeug ab.

10. Kapitel

Ratlose Minister

Das kleine Flugzeug war bis auf den letzten Platz gefüllt. Hans sah einige, die er sonst nur aus dem Fernsehen kannte. Er saß in der hintersten Reihe und hörte von allen Seiten Debatten und Diskussionen. Der Wissenschaftler machte es sich bequem, immerhin würde der Flug ein paar Stunden dauern. Es war schon fast Abend gewesen und nun flogen sie der Sonne hinterher. Unter sich sah er das weite Meer. Nur die Oberfläche konnte er sehen, darunter ging es in große Tiefe. Sicher genauso weit hinunter, wie das Flugzeug über der Oberfläche flog. Unbekannte Tiefen!

Eine Stewardess kam und fragte ihn, ob er etwas trinken oder essen wollte, was Hans aber mit einem Kopfschütteln ablehnte. Von vorn hörte er einen der Männer im Anzug rufen „Ich lasse mir doch von einem Fisch nicht vorschreiben, was ich zu tun oder zu lassen habe.“ Hans verdrehte die Augen und rief zurück „Selbst ihnen sollte doch klar sein, dass Wale Säugetiere sind und keine Fische.“. Augenblicklich war Ruhe im Flugzeug. Einer der Männer bei dem Mann drehte sich um und Hans erkannte den Wissenschaftsminister.

„Wer sind sie?“ fragte der Minister und hatte sichtlich Probleme damit sich zu beruhigen. Hans stand auf, ging nach vorn und stellte sich vor. Einer der Begleiter des Ministers raunte dem Mann irgendetwas ins Ohr, was Hans nicht verstehen konnte. Der Minister entspannte sich und gab Hans die Hand. „Sie sind also unser Verbindungsmann zu diesem Wal.“ sagte er und bot dem Wissenschaftler einen Platz direkt neben sich an. „Erzählen sie mir mehr!“ forderte er Hans auf. Der andere Mann zog sich fluchend zurück.

Den Rest des Fluges redete der Minister nur noch mit Hans. Auf diese Weise konnte er sich am besten vorbereiten auf das, was bei der UN auf ihn zukommen würde. Selbst in New York musste Hans im Auto des Ministers Platz nehmen. Als sie vor dem Haupteingang ausstiegen rannte Tanja auf Hans zu. „Ich wurde auch eingeladen.“ rief sie, bevor sie sich umarmten und küssten.

Die Minister und deren Begleiter schauten etwas seltsam zu, aber der Wissenschaftsminister lachte und begrüßte danach Tanja. Im Plenarsaal setzten sich Hans und Tanja in die hinterste Reihe. Sie hörten den langen Diskussionen zu. Immer wieder schüttelte Hans den Kopf über die Ansichten der Politiker. Er sah auf seine Uhr und bemerkte, dass es auch hier in New York schon mitten in der Nacht war. Er erinnerte sich, dass er auf dem Flur einen Kaffeeautomaten gesehen hatte.

Zusammen schlichen die beiden Wissenschaftler aus dem Saal und setzten sich auf eine Bank direkt neben dem Automaten. Der Kaffee war heiß und stark, aber er schmeckte fahl, so wie Automatenkaffee eben schmecken musste. Zum Glück hatte Tanja ein paar Münzen dabei. Hans hatte nur Euros und mit denen konnte er dem

Automaten nicht mal ein müdes Gähnen entlocken. Sein Aufbruch war viel zu schnell passiert.

Hier im Flur konnten sie sich auch nun etwas lauter unterhalten, ohne dass sie jemanden anderes stören würden. Tanja erzählte von Charly und dem Schwertwal. Hans erzählte von der Übersetzungsanlage für den Pottwal. Mehrmals mussten sie beide lachen und immer wenn ein UN Mitarbeiter über den Flur ging, sah er sie irgendwie strafend an, so als ob man bei dieser Behörde nicht lustig sein dürfe.

Ein Geruch nach etwas zu essen schwebte über den Flur, als sich eine Tür öffnete und Hans bemerkte, dass er auch etwas hungrig war. Seine letzte Mahlzeit war schon viele Stunden her und der Duft von frisch gebackenen Brot ließ ihn zu der Tür schleichen. Als er die Tür einen Spalt aufschob sah er, dass er den Hintereingang der Bäckerei gefunden hatte. Zusammen gingen sie durch die Tür und wurden von einer älteren Frau begrüßt.

„Hallo ihr zwei. Mein Name ist Wendy. Was macht ihr denn hier?“ fragte die Frau und schob sich eine graue Haarsträhne nach hinten unter ihre Mütze. Sie sah den Blick des hungrigen Wissenschaftlers und nahm etwas Kuchen von einem Blech und legte ihn auf eine Teller. Sie schaute sich nach allen Seiten um und gab ihn dann an Hans weiter. „Aber nicht hier, sondern im Flur.“ flüsterte sie. Hans nickte und schlich wieder zurück zu seiner Bank.

Gemeinsam langten die beiden kräftig zu. Es dauerte gar nicht lange, bis der Teller leer war. Tanja brachte ihn wieder zurück zu Wendy und bedankte sich noch mal. Die Frau nickte und winkte ab. „Verrate es bloß keinem." sagte sie mit einem Schmunzeln. Hans schaute auf die Uhr und rechnete nach. Es war jetzt kurz nach Mitternacht und in der Heimat kurz nach sieben Uhr früh. In zwei Stunden würde der Wal wieder auftauchen und sich bestimmt wundern, dass er nicht da war. Hoffentlich funktionierte das mit dem Telefon.

Hans schaute kurz in den Besprechungssaal und hörte kurz zu. Die Politiker stritten gerade um die Kosten und wieder konnte er sich ein Kopfschütteln nicht verkneifen. Leise schloss er wieder die Tür und setzte sich zu Tanja an den Automaten. „Die sitzen da und rechnen die Kosten aus. Das kann sicher noch ewig dauern. Anstatt sich Gedanken über die Chancen zu machen, reden sie über die Risiken. Politiker eben." sagte er zwischen zwei Schluck Kaffee. Tanja nickte nur resignierend.

„Endlich haben wir die Chance, mit einem Wal zu reden und was machen sie?" Hans warf den leeren Becher in den Papierkorb neben den Automaten und sah auf die vielen leeren Becher, die sie beiden schon ausgetrunken hatten. „Wir produzieren zu viel Müll." setzte er zu seiner Beobachtung dazu. „Wenn hier Kaffeetassen stehen würden, die man befüllen und waschen kann, dann wäre dieser ganze Müll nicht nötig." „Wer weiß wo der landet, vielleicht im Recycling, aber sicher bin ich mir da nicht." setzte Tanja den Gedanken den Freundes fort.

Die Saaltür wurde geöffnet und einer der Begleiter des Ministers trat auf den Flur. Er schaute sich um, als suche er etwas und kam dann schnell auf die beiden Wissenschaftler zu. „Der Minister braucht sie.“ sagte er zu Hans und holte ihn in den Saal zurück. Tanja folgte mit ein paar Metern Abstand. Als sich Hans neben den Minister setzte, nahm sie eine Bank weiter hinten Platz und hörte den Beiden vor ihnen zu.

11. Kapitel

Vernunftbegabte Wesen?

Der Minister neigte seinen Kopf zu Hans und flüsterte ihm ins Ohr „Ich kann das hier nicht mehr hören. Ich kann mir vorstellen, wie sie sich fühlen müssen.“ Hans nickte und sah auf seine Uhr. „In einer halben Stunde wird der Wal auftauchen. Haben sie schon eine Einigung erreicht?“ Der Minister hob die Arme und zeigte auf die streitenden Männer in allen Bankreihen. Er schüttelte resigniert den Kopf und setzte hinzu „Vielleicht können sie als Nichtpolitiker da etwas ausrichten.“

Hans stand auf und ging nach vorn zum Podium. Er flüsterte mit einem der Techniker und die beiden begannen etwas Technik zusammenzuschalten und Kabel zu ziehen. In der Aufregung der Debatte bemerkte sie fast keiner und die, die das Treiben der Beiden sahen, ignorierten sie. Tanja ging mit vor und Hans zeigte auf einen der Rechner „Bring mir den mal bitte.“ zusammen mit dem Techniker schaltete er nun einen Rechner nach dem anderen ein und prüfte mit Tanja die Verbindungen.

Mit einem Pfeifen der Rückkoppelung schaltete Hans die Sprechanlage des Saales ein. Es war nicht notwendig gewesen, aber es hatte Spaß gemacht, das sah man am Schmunzeln des Wissenschaftlers. Die Minister zuckten zusammen und schauten nach vorn. Hans schaltete das Mikrofon ein und fragte „Warum sind wir hier?“ ohne auf eine Antwort zu warten gab er dem Techniker ein Zeichen und dieser schaltete den Monitor hinter Hans ein. Es war das Satellitenbild der Insel Helgoland zu sehen, in das der Techniker langsam herab zoomte.

Als das Bild der Bucht, direkt vor der Insel, den Monitor ausfüllte, sahen die Politiker einen weißen Wal auftauchen „Darum sind wir hier!“ sagte Hans und zeigte auf das Bild hinter sich. Die Minister sahen ein kleines Boot vom Steg zum Wal fahren und Hans schaltete den Lautsprecher an. Im Moment war nichts zu hören als das Rauschen der Wellen. Hans nahm das Mikrofon und fragte „Piet, seid ihr soweit?“ aus der Ferne hörte man die Stimme des jungen Mannes. „Wir können es versuchen.“

„Hallo.“ rief Hans in das Mikrofon und nach einer kurzen Weile hörte man das Quaken der Stimme aus dem Lautsprecher. Hans erklärte kurz, wie das System der Übersetzung funktionierte und wie die Zeichen des Wals in die Stimme übersetzt wurden. Die meisten Minister hörten leise zu. Auch Tanja staunte über die Verständigung, zwar hatte ihr Hans ja schon erzählt, wie es funktionierte, aber so in Live war das alles viel faszinierender.

„Habt ihr Menschen euch schon geeinigt?“ fragte der Wal im Hintergrund. Hans schaute in die Runde und schüttelte den Kopf „Nein.“ antwortete er in die Ferne. „Ihr habt nun noch fünf Sonnenaufgänge Zeit für eine Einigung und eine Entscheidung.“ quakte die Stimme wieder. Hans gab dem Techniker ein Zeichen, dass er die Leitung kurz unterbrach. „Was soll ich ihm erzählen?

Können wir uns einigen? Oder doch nicht?“ dann blickte er in die Runde.

Einer der Minister stand auf „Woher wissen wir den eigentlich, dass das, was ihr da so übersetzt, wirklich die Antworten des Wales sind und nicht nur die Simulation eines Computerprogrammes?“ Hans und Tanja sahen sich einen Moment ratlos an. Was sollten sie dazu sagen? Wie konnte man das beweisen? Hans nickte zum Tisch des Technikers und der öffnete die Leitung wieder. Hans gab dem Minister das Mikrofon. Der überlegte eine Minute und fragte dann „Ist das wirklich deine Stimme?“ der Wal sagte „Nein. Das ist nicht meine Stimme, aber mein Wille.“

„Woher weiß ich, und wir, dass das wirklich so ist?“ fragte der Mann weiter. Der Wal war einen Moment still. Der Minister wiederholte seine Frage. Endlich antwortete das Tier „Ich kann keine Kunststücke machen. Das überlasse ich den Schwertwalen, im Kreis schwimmen mag ich nicht, aber wenn ihr eine Stunde wartet, so will ich euch ein deutlich erkennbares Zeichen schicken.“ Der Wal drehte sich um und hinter ihm tauchte ein Buckelwal auf. Die beiden Wale berührten sich mit den Köpfen und danach tauchte der Buckelwal unter.

Ein paar Minuten später schwamm der Wal wieder zu dem Boot und die Stimme aus dem Lautsprecher ertönte wieder „In einer Stunde werden fünf Pottwale direkt vor eurem Fenster im Fluss schwimmen. Dann werde ihr sie von euch aus sehen und mir hoffentlich glauben.“ damit tauchte der Wal wieder unter.

„Wie will der Wal das den einrichten?“ fragte der Minister überrascht. „In der Zeit könnte ich kein Schiff über diese Entfernung dirigieren.“ Hans nahm das Mikrofon zurück und schaute auf die Uhr. Der Techniker schaltete auf einen anderen Satelliten um und diesmal war das Gebäude in Umrissen zu sehen. In einer halben Stunde würde die Sonne aufgehen und wenig später würden sie auf dem Bild den Fluss direkt vor sich sehen können. Hans holte sich einen Kaffee und setzte sich zurück in die hinterste Reihe.

Tanja setzte sich zu ihm und Hans sagte zwischen zwei Schluck Kaffee „Ich weiß nicht, ob hier in diesem Raum vernunftbegabte Wesen sind, dort draußen im Meer sind aber sicher welche.“ „Wenn ich da an meine Delfine und den Schwertwal denke stimme ich dir zu.“ sagte Tanja. Auf dem Monitorbild wurde es immer heller und eine Uhr zählte unten langsam gegen Null. Hans zeigte auf die Zeit und sagte „Die stoppen sogar die Sekunden. Das sind ein paar Tausend Kilometer Entfernung und die machen das auf die Sekunde genau. Wenn die Wale nur zehn Sekunden später erscheinen, dann werden diese Leute sagen: Das gilt nicht als Beweis. Selber sind sie aber nicht in der Lage, ein Schiff so genau zu senden, wie dieser Wal seine Freunde.“ Tanja nickte. „Was mich auch stutzig macht ist: Wie kann er so genau wissen, wo wir sind?“ fragte sie und Hans stockte. Daran hatte er gar nicht gedacht.

„Du hast Recht!“ sagte er schließlich. Weder er, noch ein Anderer hatten dem Wal gesagt, wo sie sich befanden. Woher wusste das Tier es also? Wieder eine Frage, die er ihm später einmal stellen würde.

Die Uhr begann die letzten fünf Minuten zu zählen als direkt vor dem Gebäude ein Buckelwal auftauchte und im Kreis schwamm. Im Abstand von etwa dreißig Sekunden tauchten dann die Pottwale rings um ihn auf. Der Fünfte war ein besonders großer, weißer Wal, so wie der vor Helgoland, aber das war ja ein paar tausend Kilometer weg. Der Buckelwal sprang in die Höhe und tauchte dann im Fluss unter. Der Techniker hatte jetzt das Bild von Helgoland zugeschaltet und dort war der andere weiße Wal. Die Stimme aus dem Lautsprecher fragte „Seid ihr nun überzeugt? Wie ist eure Antwort an uns?“ Im Saal hätte man eine Stecknadel fallen hören können und alle starrten den Minister an, der die Frage an den Wal gestellt hatte.

12. Kapitel

Eine Frage an die Menschen

Der Minister ging nach vorn und nahm das Mikrofon. „Gib uns deine Botschaft und wir werden uns sicher einigen können.“ sagte er. Der Wal schnaubte und begann zu erklären „Wir Wale waren hier, lange bevor es euch Menschen gab. Ihr habt uns gejagt, seid ihr die Meere befahrt. In den letzten hundert Jahren aber ist es besonders schlimm geworden. Ihr jagt uns nicht nur, sondern ihr verschmutzt unsere Welt. Ihr fangt uns die Nahrung weg und ihr macht so einen Lärm, dass wir uns nicht mehr unterhalten können.“ der Wal machte eine Pause und die Menschen in dem Saal sahen sich betreten an. Er hatte mit allen Punkten Recht und ein jeder hier wusste es.

Hans lehnte sich zurück und schaute durch die Reihen der Anwesenden, von Einem zum Anderen. Auf dem Monitor war der Wal zu sehen, der einfach nur dalag und vermutlich seine Worte erst mal auf die Menschen wirken lassen wollte. Alle starrten wie gebannt nach vorn. Was würde der Wal wohl wollen? Allen war nach den ersten Worten klar gewesen, worum es ihm ging, aber noch hatte er es nicht ausgesprochen. Die Anspannung war förmlich mit Händen greifbar und so mancher krallte sich in Erwartung der Worte in die Sitzlehnen seines Vordermannes.

„Damit ist jetzt Schluss!“ setzte der Wal donnernd fort und Hans wusste nicht, ob nicht der Techniker die

Lautstärke höher gestellt hatte, oder der Wal viel lauter geworden war. „Wir geben euch fünf Sonnenaufgänge Zeit, euch zu einigen. In dieser Zeit werden wir jedes Schiff auf dem Meer daran hindern, sich zu bewegen und jedes in euren Häfen daran hindern, diese zu verlassen. Wir werden jedes versenken, das es dennoch versucht. So möchten wir unserer Forderung Nachdruck verleihen. Wenn die Zeit um ist, und ihr euch nicht geeinigt habt, unsere Forderungen zu erfüllen, werdet ihr an Land bleiben müssen. Solltet ihr euch geeinigt haben, so können wir hoffentlich friedlich zusammen leben. Es wird aber für euch ein paar Einschränkungen geben.“

Mit diesen Worten tauchte der Wal ab und schlug noch einmal mit der Schwanzflosse aufs Wasser. Das Geräusch klang durch das Mikrofon wie ein Kanonenschuss und ließ die Menschen zusammen zucken. Der Minister legte das Mikrofon weg und der Techniker schaltete die Anlage aus. „Fünf Tage.“ murmelte der Minister und laut sagte er „Wir müssen eine Lösung finden!“ Ein paar Minuten herrschte Ruhe in dem Saal. Nur das leise Klappern der Tastaturen an den Computern und Telefonen war zu hören. Ein jeder informierte seine Vorgesetzten und wartete auf Anweisungen. Hans dachte daran, dass der Wal ja seine Forderungen noch gar nicht gestellt hatte. Er hatte nur gesagt, dass es Einschnitte geben sollte, nur welche?

In der ersten Ecke begann das Tuscheln innerhalb der Delegationen, nachdem die ersten Informationen der Regierungen zurückkamen. Als es im Saal dann so laut wurde, dass man kaum noch mit Schreien sich Gehör verschaffen konnte, nahm der Minister wieder das Mikrofon und nickte dem Techniker zu. Mit maximaler Lautstärke rief der Minister „Ruhe!“ in die Anlage und es war wieder Still. Der Techniker regelte die Lautstärke wieder herunter. „Wir haben fünf Tage, um uns zu Einigen. Die Frage ist, ob wir wieder mit Schiffen auf das Meer wollen, oder alles an Land und über die Luft machen wollen.“

Einer der Männer aus der Delegation von Indonesien stand auf und kam nach vorn. Er nahm das Mikrofon und begann „Es ist keine Frage. Wir müssen zurück auf das Meer. Wir leben mit und von dem Meer. Es ist die Frage, ob die Industrienationen sich mit den Walen einigen wollen und können. Nicht wir zerstören die Welt der Wale sondern ihr.“ dabei zeigte er auf die erste Reihe im Saal, wo die Vertreter der Industrienationen saßen. Dann legte er das Mikrofon zurück und verließ mit den anderen Delegationen der Pazifikländer den Saal. Nach ein paar Minuten saßen nur noch etwa zwanzig Delegationen im Saal.

„Ich schließe daraus, dass nur wir uns noch einig werden müssen.“ stellte der Minister in der kleinen Runde fest. „Beratschlagt euch. Wir treffen uns in zwölf Stunden alle wieder hier.“ verabschiedete er die Männer und Frauen. In den Gesichtern der Delegationsteilnehmer sah man, dass diese Einigung nicht so einfach werden würde. Viele Nationen lebten vom Walfang. Den würde es sicher in der derzeitigen Größenordnung nicht mehr geben. Andere Länder fingen viel zu viel Fisch, auch das würde so sicher nicht weiter gehen und andere verschmutzen mit der Industrie und dem Bohren nach Öl die Meere. Es waren alles Missstände, die jeder Mensch schon seit Jahren kannte und die eigentlich schon der gesunde Menschenverstand hätte ohne die Wale beheben müssen, doch wenn es um viel Geld ging, so war der Menschenverstand oft nicht anwesend.

Etwa zwei Stunden nachdem der Wal seine Ansprache beendet hatte saß nur noch der Minister im Saal. Den Kopf in die Hände gestützt überlegte er, was zu tun sei. Seine Berater trafen sich da schon mit verschiedenen Lobbyisten, von denen einige sogar bis in den Flur vor dem Sitzungssaal gelangt waren. Vom Ausgang aus beobachtete Tanja den Mann und verließ danach den Saal. Im Flur setzte sie sich zu ihrem Freund, der sich gerade einen Kaffee geholt hatte. „Das wird ein schweres Stück Arbeit.“ sagte sie. Zusammen betrachteten sie die Menschen, die zum Teil wild gestikulierend in dem Flur standen „Stimmt.“ sagte Hans und zeigte auf einige Vertreter der Fischfangindustrie, die er schon mal im Fernsehen gesehen hatte. „Was die aber nicht begriffen haben ist, dass es auch um ihre Existenz geht. Entweder einschränken, oder aufhören zu fischen!“

Hans nahm einen Schluck Kaffee und nickte. „Der Wal kennt uns viel zu gut. Dass er uns fünf Tage Zeit gegeben hat, zeigt, dass er es ernst meint. Es wird schwierig, diese zwanzig Staaten an einen Tisch zu bekommen und auf eine Meinung zu bringen. Die haben viel zu verschiedene Vorstellungen von der Nutzung der Meere. Die anderen hundert Nationen sind sich schon einig und würden sofort auf die Forderung eingehen.“ er trank den Kaffee aus und fragte „Hast du ein Hotelzimmer, wo wir uns ausruhen können?“ Tanja nickte. Hans stellte den Becher weg, meldete sich beim Minister im Saal ab und zusammen mit Tanja verließ er das Gebäude. Ein Taxi fanden sie schnell und schon wenig später schlief Hans in Tanjas Bett, während sie am Fenster auf den Fluss hinaus schaute. Ihr war, als hätte sie dort eine Flosse gesehen und dann legte auch sie sich schlafen.

13. Kapitel

In eisigen Tiefen

Grün schimmerte der Monitor vor den Augen des Matrosen und in dasselbe grün tauchte der Monitor auch das Gesicht. Mit den Augen versuchte er die kleinen, weißen Punkte zu fixieren und zu zählen. „Es sind Elf." sagte er schließlich zu seinem Kapitän, der hinter ihm stand. Der alte Mann richtete sich auf und strich sich durch seinen Bart. Er legte die Hand auf die Schulter des Matrosen und sagte schließlich „Dann soll es so sein."

Er trat zurück in die Zentrale des U-Bootes und ging zum Leitstand. Bisher war alles gut gegangen, aber er hatte von vielen anderen Schiffen gehört und die gesamte restliche Flotte lag in den Häfen fest. Sein Boot war das einzige, was noch auf Fahrt war. Der Kapitän wartete einen Moment und nahm dann das Sprechgerät. „Männer, wir werden uns den Durchbruch erzwingen. Morgen Abend sind wir wieder zu Hause." Dann drehte er sich zu seinen Offizieren um „Volle Gefechtsbereitschaft. Torpedos laden!" sagte er leise und im selben Moment heulten die Sirenen durch das kleine U-Boot.

Jeder, der nicht schon vorher an seiner Position gewesen war, hastete nun zu seiner Station. Von allen Abteilungen kamen die „Fertig!" Meldungen und an einer Tafel sprangen alle Lichter auf Rot. Alle Schotten wurden verriegelt. Auf Knopfdruck schoben sich die Torpedos im Bug in die Torpedorohre. „Geladen und bereit." sagte der erste Offizier zu seinem Kapitän. „Na dann mal los.“ Entgegnete dieser. Das bisher still daliegende Boot setzte sich langsam in Bewegung. Nur an den Anzeigetafeln konnte man sehen, dass es sich überhaupt bewegte, so langsam ging es voran.

„Volle Fahrt voraus.“ Befahl der Kapitän, der Befehl wurde vom Steuermann wiederholt und mit einem Summen ging das Boot auf seine Höchstgeschwindigkeit. „Sonar, wo sind die Wale?“ rief der Kapitän nach hinten. „Links und rechts vor uns.“ rief der Matrose aus dem Raum, der sich unmittelbar an die Zentrale anschloss. „Jetzt schwimmen sie direkt vor unseren Bug.“ rief der Matrose nach ein paar Minuten. „Hart Steuerbord.“ rief der Kapitän und im selben Moment zog das Boot zur Seite. Alle hielten sich irgendwo fest, wegen der unerwarteten Kursänderung. „Und nun?“ fragte der Kapitän.

„Sie stoppen und wechseln die Richtung, wieder vor unseren Bug“ antwortete der Matrose und „Sie sind schnell. Verdammt schnell.“ beendete er seinen Satz. „Alle Maschinen stopp.“ rief der Kapitän und das Boot glitt ohne Antrieb weiter durch das Wasser, bis es zum Stehen kam. „Wir schießen uns den Weg frei!“ legte der Kapitän fest. „Rohre eins bis vier fertig machen.“ Befahl er und kurz darauf kam als Bestätigung das Kommando aus dem Bug zurück. „Sind sie noch vor uns?“ fragte der Kapitän „Ja, alle sind genau vor unserem Bug.“ Rief der Matrose aus dem Sonar. „Viererfächer, eine Sekunde Abstand.“ sagte der Kapitän und vier Sekunden lang ging ein Zittern durch das Boot und man hörte ein leises Geräusch, genau jede Sekunde eines.

In der Zentrale schauten alle auf den Kapitän. „Wie lange noch?“ frage er zum Sonar. „Vier Sekunden bis Ziel.“ sagte der Matrose leise, erst jetzt hatte er begriffen, dass diese weißen Punkte ja Lebewesen waren und keine feindlichen Schiffe. Wie gebannt starrte der Matrose auf die kleinen Punkte, die die Torpedos des Schiffes waren und die sich langsam den Walen näherten. Plötzlich schreckte er auf „Sie sind weg!“ rief er. „Wer ist weg?“ fragte der Kapitän, der aus der Zentrale gerannt kam. „Die Wale sind weg.“ sagte der Matrose und zeigte auf den leeren Bildschirm des Sonars. „Die können doch nicht einfach so verschwinden.“ sagte der Kapitän und kratzte sich am Kinn. „Volle Fahrt voraus.“ rief er in die Zentrale und das Boot setzte sich in Bewegung.

Der Kapitän stand gerade wieder an seinem Leitstand und unterhielt sich mit seinem ersten Offizier als der Matrose hinter ihm rief „Jetzt sind sie wieder da!“ er fuhr herum und schaute wieder, diesmal zusammen mit dem ersten Offizier auf das Sonar. So wie die Wale ein paar Minuten vorher verschwunden waren, so waren sie nun wieder da. Genau vor dem Schiff. „Alles halt.“ Befahl der Kapitän „Wir haben doch die neuen Sonartorpedos von den Tests noch an Bord?“ fragte er seinen ersten Offizier und der nickte. „„„Bugtorpedoraum, Sonartorpedos laden!“ rief er in das Mikrofon und wenig später kam die Bestätigung, dass die Torpedos bereit sind. „Jetzt wollen wir doch aber mal sehen!“ sagte der Kapitän leise, so als könnten ihn die Wale hören. „Torpedos eins bis vier mit zwei Sekunden Abstand los."

Wieder lief ein leichtes Zittern durch das Boot, als die vier silbernen Stahlfische die Torpedorohre eines nach dem anderen verließen. Zu dritt schauten sie auf das Sonar und wieder verschwanden die Wale plötzlich vom Sonar. Die Torpedos folgten den Walen und verschwanden ebenfalls. „Ich denke mal die sind abgetaucht." sagte der erste Offizier. In dem Moment, wo der Kapitän etwas erwidern wollte, hörten die Männer das Geräusch einer Explosion aus der Tiefe. „Einen haben wir." stellte der befriedigt Kapitän fest. Der Matrose zeigte auf das Sonar und die Wale, die unmittelbar neben dem Schiff wieder auftauchten. „Ja und?" fragte der Kapitän und hatte doch im selben Moment die Antwort selbst gefunden. Er wurde bleich. „Kollisionsallarm!" schrie er in das Mikrofon an der Sonaranlage und die Sirenen heulten wieder durch das Schiff.

Das leichte Summen der drei restlichen Torpedos vernahm zuerst der Matrose am Sonar. Unfähig irgendetwas zu sagen oder zu tun nahm er die Kopfhörer ab und begann, zum Entsetzen des Kapitäns, zu beten. Auch der Kapitän hatte schon bemerkt, dass zusammen mit den Walen ja auch seine drei Torpedos wieder zurückgekommen waren und diese tödliche Bedrohung lauerte nun irgendwo unter oder neben ihm. „Von wo kommen die?" fragte er seinen ersten Offizier, doch der schüttelte nur den Kopf. Auch er war sichtbar bleicher geworden, dass konnte man sogar im grünlichen Lichtes des Sonars sehen. „Können wir die nicht aus der Ferne unscharf schalten“ frage er schließlich und der Kapitän stürzte an seinen Leitstand. Eiligst drückte er ein paar Knöpfe. „Wir brauchen die Zugangscodes!“ schrie er in das Mikrofon. Zahlenkolonnen sausten über seinen Bildschirm. „Den ersten haben wir.“ Sager er und gab weiter Zahlen in die Tastatur ein.

„Den Zweiten auch…“ setzte er sein Satz fort während es im Heck des Schiffes eine Detonation gab. Der dritte Torpedo hatte in den Bereich hinter der Zentrale eingeschlagen. Mit einen Glucksen, und eine Spur aus Luft hinter sich herziehend, versank das getroffenen Boot in den Tiefen und fiel dem von ihm getroffenen Wal hinterher in ein nasses Grab.

14. Kapitel

Uneinigkeiten

Tanja rüttelte Hans an der Schulter. Der Mann schreckte auf und schaute seine Freundin verschlafen an. „Es ist nicht mehr lange Zeit.“ sagte Tanja. Hans schaute auf den Wecker und fuhr sich mit der Hand durch sein Haar. Er stand auf und küsste sie, dann ging er ins Bad und duschte ausgiebig. Er hatte bemerkt, dass Tanja schon vorher geduscht hatte, so hatte sie ihm etwas mehr Schlaf gegönnt. Sie brachte ihm ein Handtuch und beim abtrocknen begann Hans seinen Traum zu erzählen.

Er hatte wieder von dem weißen Wal geträumt, irgendwie hatte er das Gefühl, dass er nicht aus Zufall mit dem Wal zusammen getroffen war. Es kam ihm wie eine Bestimmung vor. Sein ganzes Leben lang war er auf diese Begegnung vorbereitet worden. Während er sich anzog erzählte Tanja, dass es ihr mit den Delfinen und Schwertwalen ähnlich ging. Auch sie hatte das Gefühl, einer inneren Führung zu folgen. Gemeinsam verließen sie das Hotelzimmer. Im Flur, genau gegenüber der Zimmertür, hing das Bild eines Wales, der gerade in einer Bucht sprang. Am Vorabend hatten sie beide dieses Bild nicht gesehen. Irgendwie war dieses Bild so bezeichnend.

Die beiden fuhren mit dem Aufzug ins Erdgeschoss und da noch etwas Zeit war setzen sie sich zum Essen in das Hotelrestaurant. Hans schlug die Karte auf und bestellte für sich Bratkartoffeln mit Ei. Auch Tanja bestellte, sie entschied sich aber für einen Salat. Als Hans die Speisekarte überflog sagte er „Schau mal wie abhängig wir vom Meer sind. Wenn wir nicht mehr auf die See raus könnten, dann wären diese beiden Gerichte, die wir bestellt haben, schon fast das einzige, was es hier noch geben würde. Vom Steak mal abgesehen. Vielleicht sollten wir diese Karte mal den Delegationen zeigen.“ dabei klappte er die Karte geräuschvoll zu.

„Es ist ja nicht nur das da.“ sagte Tanja auf die Karte zeigend „Der gesamte Transport geht doch zu 99% über das Meer. Wenn wir alles per Flugzeug transportieren wollen, wie soll denn das gehen?“ „Und der Treibstoff für die Flugzeuge kommt auch aus dem Meer. Die Bohrtürme stehen auf künstlichen Inseln zum größten Teil im Wasser.“ entgegnete Hans, der gerade sein Essen entgegen nahm. Tanja nickte und nahm sich ihren Salat von dem Tablett, das die Bedienung gerade noch hielt, bevor sie ihn ihr geben konnte. „Wir müssen uns einigen. Der Mann aus Indonesien hatte ganz recht.“ sagte Hans zwischen zwei Bissen.

Mit dem Taxi trafen sie wieder am Kongressgebäude ein. Noch ein paar Minuten saßen sie in Flur an der Kaffeemaschine und sahen den Delegationen zu, die an ihnen vorbei zum Sitzungssaal gingen. „Da sind auf einmal ganz schön viele Uniformen dabei.“ stellte Tanja fest. Auch Hans hatte bemerkt, dass jetzt fast jeder Zweite in Uniform war. Vor ein paar Stunden hätte man die Uniformträger noch an den Fingern einer Hand abzählen können, aber jetzt waren es ein paar hundert in den verschiedensten Uniformen. Das Blau der Marine überwiegte. Hans kannte ein paar der Uniformen und erklärte Tanja die verschiedenen Nationen.

So nah kamen sich die verschiedenen Marinen nicht mal im Manöver. Einige Länder waren sogar im Krieg miteinander, aber im Moment waren die meisten Schiffe sowieso im Hafen. Hans schnappte ein Gerücht auf, dass ein U-Boot vermisst wurde, aber genaues wusste niemand. Von irgendwo hörte man ein Klingeln wie im Theater, mit dem man alle in den Sal bat. Auch die beiden Wissenschaftler gingen hinein und setzten sich wieder in die letzte Reihe, direkt auf die ersten zwei Plätze neben der Tür.

Es war still im Saal. Über die Tische hinweg gingen Blicke zwischen den Offizieren hin und her, bei denen man froh sein konnte, dass hier Waffen nicht erlaubt waren. Stundenlang wurde nun hin und her debattiert. „Ich glaube nicht, dass die sich einigen können.“ flüsterte Tanja leicht genervt. „Die haben das Problem noch gar nicht verstanden.“ sagte Hans leise. Als einer der Offiziere vorn begann, auszurechnen, wie viele Schiffe er brauchen würde, um die Wale auszurotten, hielt es Hans nicht mehr auf seinen Platz. Tanja versuchte vergebens ihn zurückzuhalten. Er riss sich los und ging nach vorn zum Rednerpult.

Viele Augen verfolgten ihn und auch der Minister, der sah, wie es im Inneren von Hans gerade aussah, versuchte ihn vergebens aufzuhalten. Hans schob sich durch die Reihen bis nach vorn, nahm das Mikrofon und begann ohne auf Zwischenrufe zu achten „Die Wale leben seit 60 Millionen Jahren auf diesem Planeten. Sechzig Mal so lange wie der Mensch. Bevor der Mensch vor ein paar tausend Jahren zum Homo Sapiens wurde, hatten sie das komplexeste und beste Gehirn dieses Planeten. Wenn ich manche von ihnen so ansehe, und ihre Meinungen höre, glaube ich, sie haben es immer noch.“ dabei schaute er den Offizier an, der immer noch seine Schiffe zusammen rechnete.

Der Minister schaute vollkommen entgeistert nach vorn, während Hans einfach weiter machte „Die Wale haben sie um eine einfache Antwort gebeten. Ja oder Nein! Bei Ja können wir uns mit ihnen einig werden. Wir werden ein paar Einschnitte in unserer Lebensweise hinnehmen müssen, aber es wird einen Weg geben. Stimmen wir aber mit Nein, so können sie davon ausgehen, dass sie in einer Woche alle zu Fuß gehen werden. Ihre tollen Schiffe sind dann nur noch ein Haufen Altmetall. Wie lautet also ihre Entscheidung?“ Hans schaltet das Mikrofon ab, legte es zur Seite, verließ das Rednerpult und ging auf seinen Platz neben Tanja zurück.

Ein großes Schweigen und Nachdenken legte sich über den Saal und ein jeder konnte es hören, als Tanja ein Stift zu Boden fiel, so leise war es geworden. Man sah deutlich wie peinlich es ihr war, obwohl ja nichts dabei gewesen war. Mit rotem Kopf verschwand Tanja auf den Flur und Hans folgte ihr auf die Bank. Im Flur wurden die Beiden von dort anwesenden Menschen bestürmt, doch sie gingen einfach weiter. Hier hatte er alles gesagt und nun waren andere für eine Entscheidung zuständig. Sie saßen nun stundenlang auf dem Flur, die Tür blieb zu.

Was würden die Delegationen festlegen?

Jedes Mal wenn die Tür aufging, und jemand aus dem Saal kam, stürzten die Menschen sich auf denjenigen. Auch die beiden Wissenschaftler schauten jedes Mal auf, doch nichts passierte.

15. Kapitel

Die letzte Konsequenz

Es hatte sechs Stunden gedauert, bis sich die Saaltür öffnete und der Minister in den Flur kam. „Gibt es hier irgendwo Kaffee?“ fragte er Hans, nachdem er sich durch die vielen, auf ihn einstürmenden, Lobbyisten durchgekämpft hatte. Gemeinsam gingen sie zu dritt in den Raum mit dem Automaten. Dort angekommen klopfte er Hans auf die Schulter und sagte „Gut gemacht! Deine Rede hat den Durchbruch gebracht, obwohl sie nicht sehr Diplomatisch war.“ Hans goss den Kaffee ein und entgegnete ruhig „Manchmal muss man Holzköpfen einfach das Brett vor den Augen weg nehmen, damit sie sehen, worum es geht.“

Lachend schüttelte der Minister den Kopf. „Kommt wieder rein.“ sagte er, nachdem er seine Tasse ausgetrunken hatte und die Beiden schlossen sich ihm an. Wieder mussten sie sich durch die Massen von Menschen auf dem Flur kämpfen, die sie mit allen möglichen Fragen bestürmten. Fotos wurden gemacht, Mikrofone hingehalten und die Presse bat um Stellungnahmen, aber der Minister winkte nur wortlos ab und schob sich in den Saal hinein. Am Eingang des Saales hatte die Security allen Hände voll zu tun, die Leute zurückzuhalten, sie kontrollierten die Ausweise von Tanja und Hans und ließen sie dann ein. Die beiden Wissenschaftler zogen hinter sich die Tür zu. Während der Minister nach vorn ging, blieben Tanja und Hans in der Nähe des Einganges stehen.

Neben der Tür war ein Buffet aufgebaut und Hans langte kräftig zu. Er hatte seit dem Essen im Hotel nur Kaffee getrunken und war dementsprechend hungrig. Tanja betrachtete die angebotenen Speisen, konnte sich aber nicht entscheiden. Sie brachte auch keinen Bissen herunter und stellte den leer gebliebenen Teller unbenutzt zurück. Dafür gönnte sich Hans noch einen Nachschlag. Zwischen den Bissen ließ er seinen Blick durch die Reihen schweifen.

Im Saal war man sich im Großen und Ganzen fast einig geworden. Nur ein paar kleine Fragen blieben noch zu klären. „Die machen sich schon um Kleinkram Gedanken, der noch gar nicht zur Entscheidung steht." sagte Hans so laut, dass ihn auch die Umstehenden hören konnten. Tanja biss sich vor Aufregung auf die Lippe. Der Minister holte Hans nach vorn zu sich. „Die Russen und die Amerikaner wollen einfach nicht miteinander reden. Beide Länder haben es zwar verstanden, worum es geht, aber nicht miteinander!" sagte der Minister.

„Wenn die nicht direkt miteinander reden wollen, dann müssen wir als Vermittler dazwischen treten." sagte Hans. „Soll ich?" fragte er und schaute den Minister an. Überrascht nickte der und Hans ging zu den beiden Bänken in der ersten Reihe, die auch noch fast nebeneinander standen. Von überall spürte Hans die Blicke, die auf seinem Rücken gerichtet waren, als er zwischen die Parteien trat. Einen Moment brauchte er, um die jeweiligen Wortführer der beiden Länder zu finden.

Zuerst trat er an den Tisch der Russen. Da er auch gut russisch sprach, konnte Hans sich gut mit ihnen verständigen. Er hatte ein Semester am Schwarzen Meer studiert und dies kam ihm nun ganz gelegen. Ein Offizier der Schwarzmeerflotte war passenderweise der Wortführer der russischen Delegation. Wieder dachte Hans, dass dies alles kein Zufall sein konnte. Nach ein paar Minuten des Gesprächs hatte er schon einen Freund gefunden. Der Offizier war in derselben Stadt stationiert gewesen, in der Hans damals studiert hatte. Sie tauschten sich über das Leben dort aus.

Nun wendete er sich den Amerikanern zu. Zuerst wurde er etwas skeptisch begrüßt, da er zuvor ja mit den Russen geredet hatte, doch wenig später hatte er durch seine offene Art auch das Vertrauen der zweiten Gruppe gefunden. Nun bat er einen der Amerikaner und seinen Freund von den Russen zu sich.

Zu dritt setzten sie sich an einen Tisch. Am Anfang vermieden es die beiden Offiziere sich anzusehen. „Das Schicksal der gesamten Menschheit hängt an ihnen Beiden, meine Herren." begann Hans „Fast zweihundert Länder und Milliarden von Menschen schauen im Moment auf uns." ringsum war es still geworden und so spürten die beiden Offiziere fast Bildlich, welche Last nun auf ihren Schultern lag. Ein paar Minuten sagte keiner etwas, aber die beiden Männer begannen sich anzusehen. An den Gesichtszügen konnte Hans sehen, dass sich gerade etwas änderte.

„Von diesem Treffen werden unsere Enkel noch reden. Sie Beide können heute Geschichte schreiben. Die letzte Konsequenz ist, dass wir zusammen arbeiten müssen! Wir können es, da bin ich mir sicher.“ Die beiden Offiziere waren jeder etwa Ende fünfzig. Das Leben auf See hatte sie geprägt. Im Gedanken dachte wohl gerade ein jeder an die vielen Fahrten auf das Meer hinaus. Ein Lächeln zog auf ihre Gesichter. Der Russe hielt schließlich seine Hand hin und sagte „Ich bin Grigori.“ der Amerikaner schüttelte die Hand und antwortete „Steve.“ dann umarmten sich die beiden und man konnte das Aufatmen der anderen im Saal hören.

Tanja fing an Beifall zu spenden und alle stimmten mit ein. Es war vollbracht! Grigori umarmte nun auch Hans. „Dann sind wir uns jetzt einig?“ fragte Hans und die beiden Offiziere nickten. „Ja oder Nein?“ fragte Hans „Ja, wir reden mit den Walen oder Nein, wir rotten sie aus?“ dabei schaute er finster auf den Offizier im Saal, der den Vorschlag gehabt hatte. Der Minister trat an die Bank heran und zusammen sagten die, nun vier Männer, wie mit einer Stimme „Ja.“ wieder brandete Beifall auf und nun wurde in vielen Sprachen „Ja“ gerufen.

„Jetzt können wir unsere Regierungen, die Presse und die Völker über unsere Entscheidung informieren.“ schloss der Minister und wieder wurde überall geschrieben und telefoniert. An der großen Tafel erschien bei jedem Land ein grüner Kreis, wenn die Regierung zugestimmt hatte. Nach einer Stunde war fast die ganze Tafel grün, nur ein paar einzelne Länder, in denen es gerade Nacht war, fehlten noch. Gebannt starrte Tanja auf die letzten fehlenden Länder an der Tafel. Hans kam mit zwei Tassen Kaffee zu ihr und in dem Moment, wo sie die Tasse ansetzte wurde das letzte Land grün. Tanja hätte sich fast verschluckt. Sie setzte die Tasse ab und fiel Hans jubelnd um den Hals.

Rings um die beiden setzte sich der Jubel fort und viele Offiziere, die sich noch vor Stunden am liebsten bekämpft hätten, umarmten sich nun. Die Menschheit hatte eine gemeinsame Entscheidung getroffen. Und diese Entscheidung war positiv ausgefallen.

16. Kapitel

Freunde unter sich

Tanja zog ihren Freund zur Seite. „Jetzt, da alles entschieden ist und wir noch drei freie Tage haben, möchtest du meine Delfine kennenlernen?“ fragte sie ihn. Hans nickte und verabschiedete sich von seiner Delegation. „Auf dem Flugplatz hat unser Institut ein kleines Flugzeug. In ein paar Stunden, gerade rechtzeitig zum Sonnenaufgang, können wir am Strand sein.“ sagte Tanja, während sie ihn schon am Arm zum Taxistand zog. Sie telefonierte kurz mit dem Flugplatz.

„Wir haben Glück, das Flugzeug wird gerade fertig gemacht.“ sagte sie mit einem Strahlen im Gesicht. Hans hielt ihr die Tür des Taxis auf und schon saß sie drin. Hans nannte den Namen des Hotels und der Taxifahrer ordnete sich in den Verkehr ein, der auch am Abend noch ganz schön dicht war. Mit einem Zwischenstopp im Hotel rasten sie zum Flugplatz. Im Hangar stand das kleine Flugzeug. Es wurde gerade beladen und der Pilot kontrollierte das Flugzeug schon. „Na dann schnell.“ begrüßte er die beiden Wissenschaftler. Als sich die Tore des Hangars öffneten ließ sich Hans in den Sitz fallen. Die Beleuchtung der Startbahn ging an und das Flugzeug rollte zu seiner Startposition.

Nach ein paar Minuten des Wartens rollte das Flugzeug los. Es wurde immer schneller und stieg dann in den Nachtschwarzen Himmel. Von oben waren die Lichter der Stadt zu sehen, bevor auch diese hinter ihnen blieben. Das monotone Summen der Motoren ließ Hans in seinem Sessel einschlafen. Als Tanja ihn weckte, konnte er schon einen leichten hellen Schimmer an der Seite sehen.

In der Morgendämmerung setzte das Flugzeug auf der kleinen Landepiste auf. Das Auto des Institutes wartete schon und Andrew half Tanja beim Aussteigen, dann begrüßte er Hans. Zusammen mit dem Piloten entluden sie die Kisten und stapelten sie auf die Ladefläche vom Transporter. „Was machen die Delfine?“ fragte Tanja, als sie zwischen den beiden Männern im Auto saß. „Die sind da, als wäre nichts gewesen.“ sagte Andrew, während er auf die Landstraße einbog, die zu ihrem Stützpunkt führte.

Schon nach ein paar Minuten waren sie an der kleinen Bucht. Tanja lief in die Baracke und kam fast sofort im Bikini zurück. Andrew hielt ihr den Eimer mit dem Fisch hin und schmunzelte. Hans schnappte sich seine Badehose und zog sich in Tanjas Zimmer um. Als er wieder nach draußen kam brachte ihn Andrew zum Steg. Tanja war nirgendwo zu sehen, nur der leere Eimer stand auf dem Steg. Als sich Hans auf den Anleger setzte, nahm Andrew den Eimer auf und brachte ihn zur Küche zurück.

Obwohl die Sonne gerade erst aufging, war es schon richtig warm. Hans ließ die Beine ins Wasser hängen. Er sah eine Flosse auf sich zukommen und unmittelbar daneben sah er Tanja, die sich durch die Bucht ziehen ließ. Unmittelbar vor dem Steg bremste der Delfin und steckte seinen Kopf nach oben. Hans schien es, als ob ihn der Delfin anlächelte. Er stieß einen Pfiff aus und wartete darauf, dass ihm der Mann die Hand auf die Nase legte. „Darf ich dir meinen Freund vorstellen?“ fragte Tanja „Charly das ist Hans. Hans das ist Charly.“ sagte sie mit einem Lächeln. „Angenehm. Zwei Freunde unter sich mit einer gemeinsamen Freundin.“ entgegnete Hans und sprang zu Tanja ins Wasser.

Mitten in der Bucht tauchte nun auch wieder die Finne des Schwertwals auf und Hans zeigte darauf, doch die Frau entgegnete „Der tut dir nichts, der beschützt die Delfine.“ „Das steht aber so nicht in den Wissenschaftlichen Fachpublikationen.“ sagte Hans mit gespielter Entrüstung. „Vielleicht sollten wir das dem Wal mal vorlesen.“ sagte Tanja mit einem Lachen und Hans stimmte mit ein. Es schien so, als ob auch der Delfin lachte. „Lachen steckt an.“ rief Andrew vom Beginn des Stegs aus.

Nun ließen sich Hans und Tanja von dem Delfin durch die Bucht ziehen und ihm schien dies großen Spaß zu machen. „Das ist ja Urlaub und Arbeit zusammen. Jetzt weiß ich, warum du dich für die Delfine entschieden hast, während ich in Helgoland Hummer zähle.“ sagte Hans mit einem Lachen, bevor er begann zu husten, weil er unvorsichtigerweise etwas Wasser geschluckt hatte. „Jetzt gibt es erst mal Frühstück.“ rief Andrew vom Steg zu den beiden herüber und wie auf Signal zog der Delfin Hans und Tanja zurück zum Anfang des Stegs.

Andrew reichte den beiden jedem ein Handtuch, mit dem sie sich gegenseitig abtrockneten, nachdem sie sich bei dem Delfin bedankt hatten. In der Baracke waren schon alle dabei, den Tisch zu decken. Carmen begrüßte Hans zuerst. Andrew stellte Hans die ganze Mannschaft vor. Beim Essen fragten sie Hans über die Wale und die Entscheidung der UN aus. Zur UN zeigte Hans nur auf den Fernseher, auf dem in Sondersendungen, sicher schon seit dem Abend zuvor, berichtet wurde.

Es wurde ein wissenschaftlicher Disput über Meeressäuger zwischen Kaffee, Tee und Toastbrot. Nach dem Frühstück legten sich Hans und Tanja mit zwei großen Handtüchern an den Strand, schließlich hatten sie ja Urlaub, zumindest irgendwie. In der warmen Sonne schliefen sie bald ein und träumten von ihrem Ausflug mit dem Delfin. Carmen brachte den beiden Sonnencreme und Limonade.

War das wirklich erst eine Woche her, dass er an den Becken gesessen hatte und seinen Hummern lustige Namen gegeben hatte? Nun saß er hier in Florida mit seiner Freundin und den Delfinen, die vor ihm in der Bucht schwammen. Die ganze Zeit kam ihm so unwirklich vor. Immer wieder dachte er daran, was der Wal wohl für Forderungen stellen würde.

Am Abend versuchte Hans, mit seinen Kollegen in Helgoland Verbindung aufzunehmen, aber es war nur die Sekretärin Simone da. Alle anderen waren in Hamburg zu einer Beratung. Der Wal war auch noch nicht wieder aufgetaucht. Sie erzählte, dass sie sich nun um seine Hummer kümmerte, da alle anderen sich mit den Journalisten abgeben mussten, die per Hubschrauber in Scharen auf der Insel einfielen.

Erst spät in der Nacht riefen die Kollegen zurück. Die ganze Welt war in Aufregung und die Insel Helgoland, nach der Drohung des Wals, nur noch aus der Luft zu erreichen. Sein Chef Horst erzählte ihm, dass von der Küste aus auch ein paar der kleinen Inseln und Halligen aus der Luft versorgt wurden. Die Bundeswehr hatte mit vielen Hubschraubern die Transporte übernommen.

17. Kapitel

Die Entscheidung

Rasend schnell waren die paar Urlaubstage in der kleinen Bucht vergangen. Eines Morgens, Hans und Tanja saßen gerade mit all ihren Arbeitskollegen beim Frühstück in der Baracke, kam ein Mann im schwarzen Anzug zu ihnen in den Aufenthaltsraum. Er nahm die dunkle Sonnenbrille ab und wischte sich mit einem Taschentuch den Schweiß von der Stirn. „Das kann nur jemand von einer Behörde sein." dachte Hans. Wer sonst würde in dieser Wärme im schwarzen Anzug herumlaufen und noch nicht mal einen Knopf öffnen, geschweige denn die Krawatte lockern.

„Wer von euch ist Hans?" fragte der Mann in Deutsch, mit einem breiten texanischen Dialekt. Hans legte sein Brötchen weg und stand auf. Er ging um den Tisch herum auf den Mann zu. „Das Flugzeug ist da. Ich fahre dich zum Flugplatz." sagte der Mann, nachdem er Hans die Hand gegeben hatte. „Haben wir noch Zeit für das Frühstück?" fragte er und der Mann schüttelte wortlos den Kopf.

Hans sah Tanja an und fragte „Möchtest du mich begleiten?" Tanja schaute zuerst zu Andrew und dann zu dem Mann mit der Sonnenbrille. Beide nickten und so sagte sie einfach nur „Gern." und lächelte ihren Freund an. So konnten sie noch etwas Zeit zusammen verbringen, bis er wieder nach Helgoland zurückkehren würde.

Die Beiden liefen in ihr Zimmer, packten schnell ihre Taschen und gingen, nachdem sie sich von allen verabschiedet hatten, nach draußen vor das Haus. Eine schwarze Limousine mit Polizeieskorte stand in der Einfahrt und der Mann hielt die Tür auf. Kalte Luft von der Klimaanlage schlug den beiden Wissenschaftlern entgegen. Nachdem die Tür zu war, setzte sich dem Mann neben den Fahrer. Die kleine Kolonne setzte sich sofort, mit Sirene, Blaulicht und quietschenden Reifen, in Bewegung.

„Haben wir das wirklich so eilig?“ fragte sich Hans in Gedanken, während die Fahrzeuge dem kleinen Flugplatz entgegen eilten. Schon wenig später hielten sie direkt neben dem silbern glänzenden Flugzeug. Die Turbinen des Learjets liefen schon, wie er beim Aussteigen aus dem Auto hörte. Der Mann brachte sie an Bord und noch bevor sie Platz genommen hatten rollte das Flugzeug schon los.

Nicht mal hier im Flugzeug öffnete der Mann seine Jacke, aber Hans hatte die Beule an der Seite gesehen. Der Mann war bewaffnet. Entweder ein Polizist oder einer vom Geheimdienst. Letzteres vermutete er eher, da sich der Mann noch nicht mal vorgestellt hatte. Eine Stewardess brachte Kaffee und die beiden Wissenschaftler beendeten im Flugzeug ihr Frühstück, während sie weit über dem Meer nach Norden flogen.

Tanja schaute aus dem Fenster zur See hinunter, die spiegelnd weit unter ihnen lag. Nur ab und zu zog eine kleine weiße Wolke unter ihnen durch und verdeckte den

Blick auf das Wasser. Hans nahm seinen Computer aus der Tasche und kontrollierte sein E-Mail Postfach, was er die letzten Tage vorsorglich vermieden hatte. Es war aber zum Glück nichts Wichtiges dabei gewesen und wenn, dann hätte man ihn ja auch telefonisch erreichen können. Tanja schaute weiter durch das Fenster nach draußen.

Sie waren schon ein paar Stunden geflogen, als plötzlich das Flugzeug durchgerüttelt wurde und danach etwas absackte. Der Mann mit der Sonnenbrille wurde sichtbar nervöser. Er ging nach vorn zum Piloten und kam wenig später mit drei Schwimmwesten zurück. „Zieht die an. Eines der Triebwerke ist ausgefallen.“ sagte er nicht mehr ganz so cool, wie er es noch vor ein paar Minuten gewesen war.

Hans schaute zur Anleitung der Weste und öffnete eine davon. Er legte sie seiner Freundin um, verschloss die Riemen und kontrollierte noch einmal den Sitz der Weste, danach zog er seine an. Das Flugzeug ging immer tiefer herunter und schon bald konnten sie die Wellenkämme des Meeres unter sich sehen. Tanja hatte das Gefühl unter sich einen großen Wal im Meer zu sehen, oder war es nur der Schatten des Flugzeuges unter ihnen auf der Wasseroberfläche? Sie schaute nach unten, aber so schnell konnte doch kein Wal sein? Oder?

Hans schaute ebenfalls nach unten, am Flügel vorbei und versuchte zu schätzen, wie hoch sie noch waren. Es waren sicher keine fünfzig Meter mehr. Auf dem Land wären sie jetzt schon in Schwierigkeiten gewesen, aber auf dem Meer, solange kein großes Schiff kam, ging es noch. Tanja saß eine Sitzreihe hinter Hans und schaute zur anderen Seite des Flugzeuges heraus.

Sie drehte sich nach vorn und schaute zu Hans, traute sich aber nicht, ihn zu fragen. Seltsamerweise hatte sie keine Angst. Sie war ruhig, trotz der widrigen Umstände. Hans schien es genauso zu gehen. Er zeigte mit der Hand nach vorn und Tanja ging zu ihm hinüber. Nicht weit vor sich sahen sie das Ufer und eine Stadt mit Hochhäusern. Im Tiefflug näherten sie sich New York und setzten dann zur Landung an. „Noch mal gut gegangen." sagte der Mann vom Sicherheitsdienst, während er im Ausrollen des Flugzeuges die Schwimmwesten wieder einsammelte.

„Hätten die Wale uns geholfen, wenn wir in die See gestürzt wären?" fragte Tanja, immer noch ziemlich bleich vor Aufregung. Hans zuckte mit den Achseln. „Wenn sie uns gefunden hätten, vielleicht." sagte er, er verschwieg ihr aber sicherheitshalber, dass sie vermutlich nicht aus dem Flugzeug heraus gekommen wären. Sicherlich wäre das Flugzeug entweder bei der Wasserung zerschellt oder wie ein Stein im Meer versunken. Aber wenn er ihr das gesagt hätte, wäre Tanja nie wieder in ein Flugzeug eingestiegen. Nun da sie wieder festen Boden unter den Füßen hatten, war auch der Sonnenbrillenmann wieder so cool wie beim Abflug.

Das Auto wartete am Flugplatz und fuhr zum Flugzeug vor, als der Mann die Tür öffnete. Hans schaute beim Aussteigen zu der qualmenden Turbine. Ein paar Federn waren dort zu sehen. Vermutlich hatte ein großer Vogel das Flugzeug getroffen und so fast für ihren Absturz gesorgt. Schnell stiegen sie in das wartende Auto und der Mann setzte sich wieder nach vorn zum Fahrer.

Vier Polizeimotorräder bildeten die Eskorte und warteten am Hangar. Wieder sausten sie die Straßen entlang und fuhren auch über viele rote Ampeln dabei. Vor dem Kongressgebäude der UN hielten sie an und gingen hinein. Der Mann schob alle Journalisten aus dem Weg, so dass Hans und Tanja schnell zum Sitzungssaal gelangen konnten. An der Tür wartete schon der Minister auf die Beiden und sagte „Gerade noch rechtzeitig. Die Entscheidung ist gefallen.“ dann gingen sie in den Saal hinein.

18. Kapitel

Umdenken?!

Draußen hatte die Dämmerung eingesetzt, das konnte Hans sehen, als er zum Kaffeeautomaten in den Flur gegangen war. Der Minister hatte ihnen erzählt, dass sich die verschiedenen Delegationen geeinigt hatten und das Hans die Menschen gegenüber den Walen vertreten sollte. Er war sich noch nicht sicher, ob er diese große Verantwortung wirklich übernehmen wollte, doch „Nein“ sagen wollte er auch nicht.

Hans schaute zum Saal zurück, deren Türen weit offen standen. Er sah Tanja, die sich in einer Reihe ganz hinten hingelegt hatte. Er sah ihre langen dunkelblonden Haare über den Rand des Stuhles, auf dem sie lag, in den Gang hängen, vermutlich schlief sie schon, trotz des Lärms um sie herum. Er ging hin und legte seine Jacke unter ihren Kopf, Tanja wachte nicht auf, als er ihren Kopf leicht anhob. Sie schnarchte leise und Hans sah zu, wie sich ihr Bauch hob und senkte. Für einen Moment hatte er das Gefühl, die Wange der geliebten Frau streicheln zu müssen, doch das hätte sie sicher geweckt. Er nahm seine Tasse und verließ den Raum wieder.

Mit dem Kaffee in der Hand stand er im Flur und trat an das Fenster. Draußen spiegelten sich die Lichter der Stadt in dem Fluss. Waren die Menschen wirklich bereit umzudenken? Er griff sich eine Zeitung, die auf einem der Tische lag und schlug sie auf. Zu den Walen fand er erst auf der siebenten Seite einen kleinen Artikel. Was sollte er dazu sagen? Hatten wirklich alle die Tragweite dieser Überlegungen und Entscheidungen, die sie hier gerade trafen, verstanden? War die Menschheit wirklich schon so weit? Oder brauchte es noch einen letzten Schubs?

Einer der Journalisten wurde auf den Wissenschaftler aufmerksam, der immer noch in der Zeitung laß. Er trat auf ihn zu und stellte sich mit Tom vor. Hans schaute auf und sah an dem Presseausweis, das Tom von der Zeitung kam, die er gerade laß. Er schlug die erste Seite auf und zeigte Tom wortlos die Überschrift des Leitartikels, der die ganze Seite einnahm. „Wo wohnt Miss Amerika?“ War die Überschrift und viele Bilder waren darunter.

Tom nickte genauso wortlos und zog die Achseln hoch. Die beiden Männer waren gleich alt und sie fanden sich sofort sympathisch. „Warum?“ fragte Hans und Tom begann gestenreich zu erklären, wie seine Redaktion arbeitete. Das es um Geld und Auflagen ging. Irgendwie hatte er das Gefühl, sich für seine Zeitung entschuldigen zu müssen. Hans hörte geduldig zu und unterbrach den Anderen nicht. Schließlich, nachdem Tom geendet hatte, erzählte er seine Sicht. Er erzählte von den Walen, den Delfinen und der Gefahr, die durch die Blockade für den weltweiten Handel daraus drohte.

Hans wusste nicht, ob es richtig war, mit der Presse zu reden. Er dachte sich aber, wenn die Leute sich über „Miss Amerika“ sorgten und darüber Gedanken machten, wie viele Kleider sie im Schrank hatte, so war irgendetwas falsch gelaufen. Er dachte an die

Schilderungen von Horst und an die von der Umwelt abgeschnittene Insel Helgoland. An die Menschen auf den Halligen.

Warum waren sie über dem Meer geflogen, wo sie fast abgestürzt waren? Der Mann im Flugzeug hatte gesagt, dass über dem Land der Luftraum zu voll wäre. Alles was vorher mit dem Schiff transportiert worden war, musste nun mit LKW, Bahn oder Flugzeug zusätzlich zu dem transportiert werden, was sowieso schon an Land oder in der Luft transportiert worden war.

Hier und jetzt wollte Hans anfangen, den ersten Schritt zu gehen. Eigentlich hätte ja jemand von der Regierung dies machen müssen. Aber entweder war es für sie nicht wichtig oder es war für sie zu gefährlich, dass die Bevölkerung die Wahrheit kannte. Hans erzählte einfach alles, ohne groß über eventuelle Konsequenzen nachzudenken.

So hatte Tom es noch nie jemand erklärt und er versuchte sich in Gedanken jedes Wort des Wissenschaftlers zu merken. Nachdem sich Hans verabschiedet hatte und in den Saal zurückging, schrieb Tom alles auf, was er gerade gehört hatte. Mit seiner Leidenschaft hatte Hans ihn angesteckt und dieses Gefühl versuchte er nun zu Papier zu bringen.

Tom klappte seinen Block zusammen und rannte aus dem Gebäude. Am Taxistand wartete ein Fahrzeug und der Fahrer laß gerade den Artikel aus Toms Zeitung. Bis vor ein paar Minuten war er noch stolz auf die Zeilen über Miss Amerika gewesen, doch nun kam ihm das so wertlos, nutzlos und hohl vor. „Schnell zur Redaktion." sagte er und klappte seinen PC auf. Auf der Taxifahrt zur Redaktion tippte er schon den Artikel. Er, Tom, konnte hier etwas bewirken und einen Teil zum Umdenken beitragen. Er schrieb sachlich die Wahrheit auf, die so noch niemand den amerikanischen Lesern gesagt hatte.

Das Taxi hielt vor dem Gebäude und Tom drückte dem Fahrer einen großen Geldschein in die Hand. „Stimmt so." sagte er und verließ das Taxi. Der Fahrer schaute wortlos und mit offenem Mund auf den Hundert Dollar Schein. Das war fast das Zehnfache des Fahrpreises gewesen. Er sah auf Tom, der mit seinem, im Wind fliegenden, Mantel die Treppe zum Eingang hinauf stürmte und fuhr dann lächelnd nach Hause. Für heute hatte er genug verdient.

Tom warf seinen Mantel über den Stuhl und lief den Gang entlang zum Büro am Ende des Flures. Er riss die Tür auf und klappte schon im Laufen den Computer auf. „Georg, hier ließ!" rief er und gab seinem Vorgesetzten den Artikel. Der begann zuerst etwas gelangweilt zu lesen, doch nach zwei oder drei Zeilen griff er zum Telefon und rief „Stoppt die Auflage! Seite eins wird anders!" er knallte den Hörer auf das Telefon und laß weiter.

Der verantwortliche Redakteur hielt sofort den Druck an und ließ die schon gedruckten Exemplare wieder einstampfen. Georg sagte „Das ist Klasse. Schreib das schnell fertig.“ Tom blieb am Tisch seines Vorgesetzten sitzen, der ihm beim Schreiben über die Schulter sah. Als Tom seinen Artikel fertig hatte, ging der Druck sofort wieder los. Georg klopfte ihm anerkennend auf die Schulter.

Die ersten Exemplare wurden sofort auf den Straßen verteilt und während Hans im Saal der UN auf die Übertragung der Daten nach Helgoland wartete, setzte in den Straßen der Stadt bei den Menschen ein langsames Umdenken ein. Nicht mehr gegen die Natur, sondern nur noch mit ihr, wollte man von nun an leben.

19. Kapitel

Ein großer Plan

Hans schaute auf die vielen Leute im Saal und er suchte die Augen seiner Freundin. Für eine Minute hielten sie Blickkontakt, bis alle im Saal verstummten und der Monitor vor Hans anfing zu blinken. Er nickte dem Techniker zu, ergriff das Mikrofon und drehte sich zur Anzeigetafel um, auf der gerade die ersten Bilder von Helgoland erschienen. Noch war alles ruhig in der Bucht und vor der Kamera erschien Horst, der zuerst seinen Kollegen begrüßte, ungeachtet der hundert internationalen Zuschauer in dem Saal.

Für einen Moment waren alle Zuschauer vergessen und die beiden Freunde unterhielten sich kurz über das Wetter in den zwei, so weit entfernten, Städten. Im Hintergrund hörte man ein paar Hubscharuber, die zur Insel kamen und wieder zurück flogen. Horst zeigte auf einen davon und erklärte „Im Moment wird hier alles über diesen Weg zu uns gebracht. Von der Zahnbürste, über das Klopapier, bis hin zu unserem Essen. Wir sind praktisch isoliert auf unserer Insel. Wenn jetzt noch schlechtes Wetter wäre, würde es uns schlecht ergehen."

Hans nickte und schaute nach hinten in die Gesichter der Menschen in dem Saal. Viele von denen hatten vermutlich erst gerade eben den Ernst der Situation erfasst. Auf der Anzeigetafel kam jetzt Bewegung in die dort stehenden Menschen. Horst gab den Blick frei und trat hinter die Kamera. Irgendjemand, vermutlich Horst, hatte die Kamera vom Stativ genommen und das Bild bewegte sich nun nach vorn zur Landungsbrücke. Mitten in der Bucht war der Wal aufgetaucht und ein kleines Boot fuhr zu ihm hinaus. An der Haltung des Mannes im Boot vermutete Hans, das es Hein war, der immer noch die Fahrten zum und vom Wal aus machte.

Wenig später hörte man das erste Klopfen aus dem Mikrofon, was kurz darauf in Sprache umgestellt und damit übersetzt wurde. „Wie habt ihr euch entschieden?“ fragte der Wal. Hans schaute sich noch einmal im Saal um und begann dann „Wir Menschen sind uns einig und möchten mit euch verhandeln.“ „Gut.“ sagte der Wal „Nur, da gibt es nicht viel zu verhandeln!“ Ein Murren wurde im Saal laut, das aber sofort verstummte, als der Wal weiter erzählte „Wir haben nur ein paar Forderungen an euch, die wir aber nicht verhandeln wollen, da sie für uns lebenswichtig sind. Ich habe mich mit allen meinen Freunden geeinigt und nun seid ihr dran.“ Für einen Moment war vollkommene Stille, weder im Saal noch in Helgoland war, außer dem kreischen der Möwen, irgendetwas zu hören.

Hans schaute sich noch einmal um, wie um sich noch einmal des Rückhaltes der Menschen im Saal zu versichern. Er schaute zu Tanja und dann zum Minister. Der Mann nickte ihm zu und Hans nickte zurück, mehr für sich selbst. Dann sagte er in das Mikrofon „Gib uns deine Wünsche durch und wir werden sie respektieren.“ Hans hatte absichtlich das Wort Forderung durch Wunsch ersetzt, das würde es für die anwesenden Menschen leichter machen. Für einen Augenblick war es ruhig und auf dem Bild der Übertragung sah man, wie der Wal mit der Flosse aufs Wasser schlug, wohl als Bestätigung seiner Forderungen, oder um damit klar zu machen, dass es sich nicht um einen verhandelbaren Wusch handelt.

Wenig später kam auch schon die Durchgaben aus der Ferne zu den Menschen. „Erstens, ihr habt ab sofort unsere, als Kinderstube genutzten, Buchten nicht mehr zu betreten. Zweitens, der Lärm eurer Schiffe wird auf ein Minimum reduziert, damit uns nicht immer die Ohren klingeln. Drittens, der Walfang wir sofort verboten und von euch unter Strafe gestellt, sonst werden wir jedes Fangschiff versenken, das sich uns nähert." Im Saal wurde es schon unruhig und Hans sah, dass die Walfangnationen anfangen wollten zu protestieren. Mit einer Handbewegung schnitt er ihnen sofort das Wort ab.

„Viertens, ihr haltet eure Schifffahrtrouten ein, die ihr mit uns anstimmen werdet. Fünftens, ihr kommt zu einer nachhaltigen Fischerei mit Schutzgebieten und Fangquoten, damit uns nicht die Nahrung ausgeht. Sechstens und letztens, ihr hört auf euren stinkenden Müll ins Meer zu kippen oder hineinlaufen zu lassen. Wenn ihr euch darauf einlassen könnt, so heben wir die Blockade sofort auf und zeigen euch, wo und wann ihr das Meer befahren dürft. Könnt ihr das nicht, so bleibt ihr an Land!" Mit diesen Worten tauchte der Wal in das Meer und lies die Menschen in dem Saal sprachlos zurück.

Auf dem Video tauchte nun wieder Horst auf, bevor der mit einem Winken die Kamera abschaltete und das

Bild schwarz wurde. Hans hatte auf das Bild geschaut und hörte nun am Rumoren hinter sich, dass die Menschen anfingen, über die einfachen Forderungen zu diskutieren. Er traute sich für einen Moment gar nicht, sich umzudrehen und legte das Mikrofon auf den Tisch zurück. Waren dies denn wirklich so schlimme Forderungen gewesen? Es war nichts dabei, was er nicht selbst schon lange gefordert hätte, nun war nur etwas mehr Nachdruck durch die Blockade der Wale dahinter.

Langsam drehte er sich um und sah, wie die ersten Nationen versuchten, die eine oder andere Forderung von dem Plan zu nehmen. Japan wollte weiter Walfang betreiben, Amerika konnte sich nicht auf die Umweltauflagen festlegen und einige andere Länder wollte nichts von den Fangauflagen hören. Ruhig stand Hans da und schaute nur zu, wie die Wogen der Aufregung hin und her schwappten, so wie die Wellen im Meer. Er stand nun schon etwa eine halbe Stunde so da und wartete auf das Einsehen der Menschen, doch nichts passierte. An diesen einfachen Forderungen schienen die Menschen sich zu entzweien. Hans schaute zu Tanja und die schüttelte nur verzweifelt den Kopf. Er griff wieder zum Mikrofon und versuchte sich im Saal Gehör zu verschaffen.

Es dauerte ein paar Versuche, bis er wieder die Aufmerksamkeit der Delegierten hatte. „Das sind einfache Forderungen und jeder normal denkende Mensch wird diese unterstützen.“ begann Hans, er achtete nicht auf die irritierten Blicke von einigen der Menschen vor sich, sondern erzählte weiter „Es gibt nur zwei Sachen zu entscheiden. Erstens, wir erfüllen die Forderungen, dann werden wir ein paar kleine Einschnitte hinnehmen müssen. Oder zweitens, wir lehnen sie ab und werden uns in Zukunft das Meer nur noch vom Land aus anschauen können. Wie lautet eure Antwort? Was soll ich morgen dem Wal mitteilen?“

Hans legte das Mikrofon auf den Tisch und ging den Gang entlang zum Ausgang, wo schon Tanja auf ihn wartete. Die Delegationen hatten erst mal eine Entscheidung zu treffen. Schon wieder eine Entscheidung?

20. Kapitel

Gegenseitige Hilfe

Das Telefon klingelte und Tom sah genervt von seinem Computer auf. Er nahm den Hörer ab und hörte Gwen, die Praktikantin, am anderen Ende, die heute die Telefonzentrale machte. Seine Miene hellte sich sofort wieder auf, als er ihre Stimme hörte. „Hier sind zwei Wissenschaftler für dich.“ sagte sie und Tom stand schon, den Hörer noch in der Hand, fast an der Tür seines Büros. „Ich komme zu dir vor.“ rief er und war schon auf dem Gang.

Als er um die Ecke bog und in den Aufenthaltsraum kam, erkannte er Hans sofort wieder. Gwen stand mit einer Frau an der Seite und unterhielt sich. Er ging auf den Wissenschaftler zu, der seinen Artikel gerade in der Hand hatte. „Gute Arbeit.“ sagte Hans und hielt die Zeitung hoch. Die beiden Männer gaben sich die Hand und umarmten sich, wie alte Freunde und nicht wie zwei, die sich gerade erst einmal gesehen hatten. „Tanja, darf ich die Tom vorstellen?“ sagte Hans und die Frau bei Gwen drehte sich um „Tom, das ist Tanja meine Freundin.“ Sie gab dem Journalisten die Hand.

„Gwen, kannst du uns Kaffee bringen? Und setzt dich dann zu uns.“ sagte Tom zu der Praktikantin, die nickend in einem der Zimmer im Gang verschwand. Mit einer Handbewegung forderte er die beiden Wissenschaftler auf, sich auf die Couch zu setzen. Er selbst zog sich einen Sesel an den Tisch heran. Nachdem Gwen den Kaffee vor die Besucher gestellt und sich gesetzt hatte, begann Hans „Wir haben ein kleines Problem und ihr könnt uns sicher helfen.“ Begann er und danach erzählte er von den schwierigen Verhandlungen zwischen den einzelnen Nationen um die simplen Forderungen der Wale.

„Was können wir tun?“ fragte Tom, nachdem Hans zu Ende gesprochen hatte. Gemeinsam überlegten die Vier, wie sie eine Lösung finden konnten, welche die Menschen aufrüttelte, aber keine Panik verursachen würde. „Es sind doch aber nur ein paar einfache Forderungen?“ begann Gwen zu fragen und Tanja nickte. „Ich habe ein paar Freunde in Umweltschutzverbänden. Vielleicht könnten wir mit denen zusammen arbeiten?“ setzte die junge Frau hinzu. Die anderen drei nickten zustimmend und Gwen holte ihr Telefon. Ein paar Anrufe, einige Tassen Kaffee und Zigaretten, die Tom geraucht hatte, später lächelte Gwen in die Runde. „Geschafft.“ Sagte sie. Tom nickte ihr zu und zu Hans gewandt fragte er „Und du bist dir sicher, dass du dir die Delegationen zum Feind machen willst?“

Hans schaute Tanja an und sagte dann „So weit sollte es nicht kommen. Hoffe ich. Wir müssen versuchen, auch von außen her Einfluss auf die Delegation zu bekommen. Dann wird die Entscheidung für die Leute einfacher.“ „Na dann los.“ sagte Tom und stand auf. „Mein Auto steht unten im Parkhaus.“ sagte Gwen und ging die Schlüssel hohlen, während die anderen Drei schon zur Treppe gehen wollten. Tom bog in Richtung Lift ab und drückte auf den Knopf. Als sich die Türen öffneten kam Gwen mit fliegenden Haaren den Flur entlang gerannt. Zusammen betraten sie den Fahrstuhl.

Wenig später rollte das rote Cabriolet aus der Tiefgarage heraus. Tom und Gwen saßen vorn, Hans und Tanja hatten sich auf die Rücksitze gezwängt. Mit offenem Verdeck fuhren sie durch die Stadt und Gwen kannte sich offenbar gut aus, so schnell wie sie die Strecke fuhr. Es dauerte keine halbe Stunde, bevor sie vor einem kleinen Hotel anhielten. Hans schaute sich verwundert um, das war nicht unbedingt die Gegend, die er erwartet hatte, doch Gwen zeigte lachend auf einen Flachbau, vor dem schon viele Autos standen. „Da drin sind die alle." sagte sie, und wie zur Entschuldigung „Meinem Bruder gehört das Hotel und die Halle. Was anderes konnte ich so schnell nicht finden."

Hans nickte verstehen. Sie gingen zum Eingang der Halle hinüber und Gwen umarmte einen Mann, der dort wartete. „Vermutlich ihr Bruder." dachte Tom und gab ihm die Hand. Nun gingen sie zu fünft in den Saal hinein, in dem sicherlich schon mehr als zweihundert Männer und Frauen saßen. Ein paar Kinder krabbelten auch zwischen den Reihen umher. Gwen musste sehr viele Hände schütteln, offenbar war sie hier sehr bekannt. Sie ging nach vorn und nahm das Mikrofon, dann stellte sie Hans und Tanja vor und übergab anschließend das Wort an Hans.

Tom setzte sich in die erste Reihe und klappte seinen Schreibblock auf. Aus der Innentasche seiner Jacke zog er einen Bleistift und schrieb das Datum und die Uhrzeit oben hin. Gwen setzte sich neben ihn und zusammen hörten sie den Ausführungen der beiden Wissenschaftler zu, die sich immer ablösten. Hans und Tanja beantworteten alle gestellten Fragen und es dauerte gar nicht lange, bis einer der Anwesenden eine Abstimmung ins Leben rief. Diese war aber eigentlich gar nicht nötig, denn mit 100 Prozent aller Stimmen wurde beschlossen überall auf der Welt für die Forderungen der Wale einzutreten.

Langsam zerstreuten sich die Menschen und verließen den Saal, bis nur noch Gwen, ihr Bruder, Tom und die beiden Wissenschaftler in der ersten Reihe saßen. „Und nun?“ fragte Tom, „Nun fahren wir wieder zurück zur UN.“ sagte Hans „Wollt ihr mit?“ fragte er Gwen und Tom. Beide nickten. Tom klappte seinen Block zu „Aber erst muss ich das in den Druck geben.“ sagte er und hielt den Block hoch. Die Fünf verließen den Saal und Gwen sauste wieder zurück zu ihrer Zeitung. Auf der kurzen Fahrt hatte Tom schon fast alles ausformuliert, so dass er es nur noch in den Computer tippen musste.

Nachdem die Sonderausgabe der Zeitung entsprechend vorbereitet, und der Redakteur überzeugt war, machten sich die vier nun auf dem Weg zum Gebäude der UN. Diesmal fuhren sie mit einem Taxi und hielten direkt vor dem Eingang. Gwen war noch nie in dem Gebäude gewesen, das Hans und Tanja nun schon fast besser kannten als ihr Zuhause, fern in der Heimat. Hans brachte die beiden Journalisten mit in den Saal hinein, wo sich

Tanja mit ihnen in die hinterste Reihe setzte, während Hans nach vorn ging.

Er schaute den Minister an und der nickte ihm freundlich zu. Die ersten Delegationen hatten sich schon geeinigt. Einige hatten schon Anrufe bekommen und die erste Welle der Überzeugungsarbeit, die Gwen ausgelöst hatte, begann auf die Delegierten zu wirken. Hans nahm das Mikrofon und fragte „Wie ist eure Entscheidung?“ An der großen Anzeigetafel begannen die ersten Lampen auf Grün, für Ja, zu springen. Immer mehr waren es, bis bald nur noch ein paar fehlten. Als auch die letzte angegangen war sagte Hans erleichtert „Ich danke euch.“

21. Kapitel

Mit dem Wind

Ein halbes Jahr war vergangen und es ging nun schon auf Mitte Oktober zu. In den vergangenen Monaten gab es noch sehr viele Reibereien, die aber fast nur von den großen Konzernen ausgegangen waren. Viele Menschen, Fischer, Taucher und auch Urlauber, hatten die Entscheidung der Wale begrüßt. Sie hatten den Menschen dieses halbe Jahr als Übergangszeit eingeräumt und nun sollten alle ihre Forderungen umgesetzt werden.

Schon seit ein paar Monaten war der Walfang verboten. Das Militär hatte einige Walfangschiffe gejagt, die das Verbot durchbrechen wollten, und die Kapitäne bestraft. Ein paar der Schiffe waren auch durch die Wale angegriffen und versenkt worden, so wie sie es ja auch angedroht hatten. Danach war dann auch dem letzten Menschen klar gewesen, dass die Wale es wirklich ernst gemeint hatten.

Hans stand mit Tom auf der Werft, in der die letzten Wochen ein geschäftiges Treiben gewesen war. An diesem Tag sollte es etwas Neues geben, was so neu eigentlich gar nicht war. Heute sollte ein neu in Dienst zu stellendes Segelschiff hier vom Stapel laufen. Es sollte kein Kreuzfahrt- oder Passagierschiff sein, wie es ja schon einige gab. Es sollte ein Großfrachter sein. So wie es früher mal die Viermastgroßsegler Passat und Pamir gewesen waren.

Es war ein gewaltiges Schiff, was vor den beiden Männern auf Stapel lag. Keines, wie man sich vielleicht so ein Segelschiff vorstellte, sondern anders. Die Masten waren jeweils vorn am Bug und hinten am Heck paarweise nebeneinander aufgerichtet und eigentlich gab es daran auch keine Segel. Die Masten waren die Segel, oder besser gesagt, sie bildeten Rotoren, die für den Vorschub des Schiffes ganz ohne Schraube sorgten und damit natürlich auch ganz leise waren. Das war ja eine der Forderungen der Wale gewesen.

Lange hatte die Werft geprobt und experimentiert und nun war der Prototyp des neuen Containersegelfrachters fertig. Hans und Tom stiegen die lange Leiter hinauf, um das Schiff aus der Nähe zu sehen. Erst von oben sahen sie, wie groß das Schiff wirklich war. Von der Brücke schauten sie in den gewaltigen und noch offenen Laderaum hinunter. Wie viele Container da wohl hinein passten? Hunderte, Tausende? Sicher mehrere tausend!

Hans zeigte nach unten auf den Laderaum und sagte zu Tom „Es ist schon großartig, was wir Menschen leisten können. Das Schlimme ist nur, dass wir erst dazu gezwungen werden müssen.“ Tom nickte und klappte seinen Notizblock auf „Ja.“ sagte er und begann aus seinen Notizen vorzulesen. „Da wir nicht mehr an die Ölreserven auf dem Meer heran kommen, sind die Ölpreise explodiert. Daher war Benzin und Diesel auf einmal unerschwinglich. Elektroautos haben sich auf einmal gerechnet und sind nun mit fast 99 Prozent die meisten Neuwagen. Es gibt überall Sonnenkollektoren und Windkraftwerke. Da der Transport so teuer ist, wird alles Lokal produziert."

Er blätterte ein paar Seiten weiter „Es gibt kaum noch große Schiffe und da nicht mehr so viel gefischt werden kann, haben die Fischbestände angefangen sich zu erholen." Hans dachte an Tanja, die ihm von ihrer Bucht das gleiche erzählt hatte. „Es gibt jetzt wieder viele kleine Fische im Riff, hat mit Tanja geschrieben. Vielleicht haben wir durch den Eingriff der Wale gerade noch so die Kurve bekommen." sagte Hans. Tom klappt seinen Block zu und bestätigte dies mit einem „Das bleibt zu Hoffen."

Zusammen mit einer Gruppe Männer von der Werft verließen sie das Schiff und nahmen auf der Tribüne Platz. Eine Kapelle begann zu spielen und dann stand die Frau des Präsidenten auf und hielt noch eine kurze Rede, bevor sie das Schiff taufte. Von unten hörte man, wie das Wasser mit einem Rauschen in das Trockendock strömte und schon nach kurzer Zeit schwamm das Schiff auf. Ohne einen Ton setzte sich das Schiff in Bewegung, als sich die Schleusentore öffneten.

„Das wird das erste von ganz vielen Schiffen sein." sagte Hans und zeigte dabei auf die Rümpfe von drei weiteren, im Rohbau befindlichen, Schiffen. „Wenn wir jetzt konsequent bei der Sache bleiben, so hat die Natur vielleicht die Möglichkeit sich zu erholen." begann Tom. Hans nickte „Wir sollten aber auch auf Land mit dem weiter machen, was wir im Meer begonnen haben. Auch wenn uns dazu keiner zwingt." setzte er dazu.

Während die Menschen die Tribüne verließen, kam von der Seite Gwen mit einem Fotoapparat angestürmt. Mit fliegenden Haaren sauste sie an den beiden Männern vorbei und versuchte noch schnell ein paar Fotos von dem Schiff zu machen, das sich langsam auf dem Wasser bewegte, aber eigentlich für richtig gute Fotos schon viel zu weit weg war. „Mist.“ sagte sie und drehte sich um, erst danach begrüßte sie zuerst Hans und dann Tom.

„Und dabei habe ich mich so beeilt.“ sagte sie fast schmollend, als sie die Kamera in der Tasche verstaute. „Wo warst du denn? Ich habe auf dich gewartet und dir einen Platz frei gehalten.“ sagte Tom. „Wir hatten noch eine Versammlung vom Umweltschutz.“ sagte die Frau „Wir habe heute eine Internationale Vereinigung gegründet, die nicht nur auf dem Papier zusammenarbeitet, sondern wirklich was tut. Aktivisten und Umweltschützer aus allen Ländern machen da mit.“ erzählte sie weiter mit einem Strahlen im Gesicht.

„Und du bist sicher Vorsitzende geworden?“ fragte Tom mit einem Lächeln. „Nicht ganz, aber im Vorstand bin ich mit drin.“ Schwärmte Gwen. „Mein Glückwunsch.“ sagte Hans „Ich sehen, dass sich etwas bewegt in der Welt und da bleibt mir die Hoffnung, dass wir Menschen nicht von diesem Planeten gewischt werden.“ Setzte er mit einem breiten Grinsen hinzu. Und wieder war nur ein „Das bleibt zu Hoffen.“ von Tom zu hören. „Sei nicht so pessimistisch.“ sagte Gwen und gab Tom einen Kuss.

„Ich kenne die Menschen.“ Gab er mit einem Schulterzucken als Antwort, während er seinen Block aus der Innentasche seiner Jacke zog. Noch bevor er ihn aufklappen konnte schob Gwen den Block wieder n seine Tasche zurück. „Das wird eine neue Welt.“ sagte sie einfach dazu und diesmal entgegnete Tom nichts. Gwen ging zu den halbfertigen Rümpfen der anderen Schiffe und machte noch ein paar Fotos für die Zeitung, danach verließen sie zu dritt die kleine Werft, auf der an diesem Tag Geschichte geschrieben worden war.

Es gab nun wieder Frachtsegelschiffe.

22. Kapitel

Der Sonne entgegen

Das kleine Segelboot lag an dem Anleger vor Helgoland und Hans saß auf einer alten Heringskiste davor. Er wartete nun schon seit einer Stunde und schaute in den Himmel. Kein Wölkchen war da oben zu sehen, nur strahlendes Blau, soweit das Auge reichte. Am Horizont vereinigte es sich mit dem Grünblau des Meeres, das wie ein Brett dalag. Kaum eine Welle war zu sehen. Der Kapitän beugte sich über die Reling und fragte Hans „Wie lange noch?“, doch der konnte nur mit den Achseln zucken. Fred, der Kapitän, schob die Mütze ins Genick und kratzte sich an der Stirn, dann ging er mit seinen vier Matrosen zum fünften Mal über das Schiff und kontrollierte die Seile und Leinen.

Hans lehnte sich zurück und hörte hinter sich das Glucksen der See zwischen Bordwand und Anleger. Sonst hörte er nichts, nicht mal die Möwen machten ein Geräusch. Satt und zufrieden saßen sie auf einer Boje in der Nähe und ließen sich die Mittagssonne auf die Federn scheinen. „Also, wenn wir heute noch los wollen, dann sollten die bald kommen.“ sagte Fred, als er an Hans vorbei zum Hafenkommandanten ging. Hans sah ihm hinterher, bis er in der kleinen Baracke verschwunden war. Er schloss die Augen und genoss die warme Sonne auf seinem Gesicht.

Fast wäre er eingeschlafen, aber Hein war zu ihm gekommen, um sich das weiße Segelschiff anzuschauen.

Hans sah das Blitzen in den Augen des alten Seemannes, der auf der Passat damals das Seemannshandwerk gelernt hatte. Hein war jetzt wieder ein gefragter Experte und all die vielen Leute, die bei ihm Segeln lernen wollten, ließen ihn seine fast achtzig Jahre oft vergessen. Er fühlte sich wieder wie der Schiffsjunge, der in den Masten des Segelfrachters Kap Horn umrundete. Einem Albatros gleich durch den Sturm gleitend, das weiße Segel über sich. Sie nickten sich beide zu. Hier am Meer machte man nicht viele Worte. Ein „Moin“ war oft schon zu viel.

Hein ging wieder zurück zu seinem Segelboot, das am anderen Ende des Anlegers lag. Eine Schulklasse stand, laut erzählend, an seinem Boot und wollte noch ein paar Segelstunden nehmen. Unterwegs begrüßte er Fred, der ihm auf dem Weg entgegenkam. Als Fred wieder bei Hans zurück war, hörten die Beiden, auf dem Steg stehend, über der See den Hubschrauber kommen. Nur wenige Meter trennten den Hubschrauber von Heins Segel, der gerade die Bucht verließ. Hans legte die Hand über die Augen, um den Helikopter besser sehen zu können.

„Sind sie das?“ fragte Fred und Hans antwortete „Ich hoffe es.“ zusammen stiegen sie in das kleine Beiboot und fuhren zur Düne hinüber, wo der Hubschrauber gerade auf dem kleinen Flugplatz aufsetzte. Der Rotor drehte langsam aus und kam zum Stehen. Hans ging zur Tür des Helikopters und öffnete diese. Tanja strahlte ihn an und fiel ihm um den Hals. Er küsste sie und zog sie zugleich aus dem Hubschrauber. „Willkommen in der Heimat, dein Austauschjahr ist ja jetzt vorbei.“ begrüßte er sie. „Und was das für ein Jahr war!“ sagte sie mit einem Nicken und gab den Weg frei, indem sie zur Seite trat.

Hinter ihr stiegen Tom und Gwen aus. Sie hatten erst in der letzten Woche geheiratet und Hans beglückwünschte die beiden. „Na, bereit für eure Hochzeitsreise?“ fragte Hans mit einem breiten Lächeln im Gesicht. Tom nickte und klopfte auf seine Laptoptasche. „Das wird eine lange Reise.“ fiel ihm Gwen ins Wort, „Ja, sicher ein ganzes Jahr. Aber unser Gastgeber ist noch nicht aufgetaucht.“ schloss Hans und nahm die Koffer von Tanja auf. Fred griff sich Gwens Koffer und zu fünft gingen sie, schwer beladen, zu dem Boot hinüber.

Sie fuhren direkt zum Segelboot hinüber. Es war so groß, dass es gerade so in der Tiefe an den Anleger passte. Wäre es größer gewesen, so hätte es auf Reede draußen bleiben müssen. Tanja schaute auf das weiße Schiff und hinauf zu den Segeln. Die vier Matrosen zogen das Beiboot nach hinten zur Leiter und ließen dort den Kran hinunter für das Gepäck. Die Koffer schwebten nach oben und standen schon wenig später an Deck.

Die Passagiere kletterten die Leiter hinauf und Fred machte das Boot am Kran fest, dann kletterte er hinterher. Noch bevor Fred an Bord war schwebte das Beiboot schon über dem Deck und wurde auf der Halterung abgesetzt. „Wir machen alles Seeklar.“ ordnete Fred an und die vier Passagiere brachten ihr Gepäck zu den

Kabinen nach unten. Hans zeigte ihnen die Küche, den Speisesaal, den Aufenthaltsraum und die Kabinen.

Nachdem die Koffer ausgepackt waren setzten sie sich auf das Deck und Hans breitete eine Karte auf dem Tisch vor sich aus. „Wir warten noch auf den Wal, dann brechen wir auf." Fred setzte sich mit dazu. „Der Wal wird mit uns die Schutzgebiete abschwimmen. Er zeigt uns die Punkte und wir stecken die auf der Karte und mit Bojen ab." erklärte Hans und zeigte die geplante Route, die er in den letzten Tagen schon grob mit dem Wal abgestimmt hatte.

Tom würde für seine Zeitung schreiben und Gwen würde alles protokollieren. So war der Plan. Nun fehlte nur noch der Wal. Mit einem Schnauben tauchte er plötzlich wenige Meter neben dem Boot auf. Hans ging zur Reling und nahm das Sprechgerät. „Ich grüße dich mein Freund." sagte er. "Können wir beginnen?" hörte man den Wal aus dem Sprechgerät antworten. Hans drehte sich zu Fred um. Der stand auf, ging zum Ruderhaus und nickte. „Natürlich können wir los." sagte Hans zu dem Wal. „Na dann vorwärts. Wir haben schon viel zu viel Zeit verloren." sagte der Wal und schwamm los.

Das Schiff setzte Segel, die der Wind sofort aufblähte und so fuhren sie langsam dem Wal hinterher. Die vier Passagiere standen am Bug des Schiffes und schauten nach vorn. Vor ihnen glitt der weiße Wal durch das Meer, so wie es seine Vorfahren Millionen Jahre vor dem

Menschen bereits taten, und am Horizont stand die Sonne im Westen direkt vor ihnen.

Nachwort

Warum?

Diese Geschichte entstand aus einem Traum, den mir ein Wal aus den Tiefen des Meers geschickt hat. Sie begann mit einem kleinen Jungen und seinem Warten auf den Gesang des Wales.

Einst zogen hunderte Millionen Wale in allen Größenordnungen durch die Ozeane, bis der Mensch begann, aus ihrem Fett Lampenöl zu kochen. Um das Jahr 1840 starben bis zu 10.000 Pottwale jährlich, nur damit ihr Leben unsere Nacht erleuchtet. Unseren Geist hat es aber nicht erreicht. Die Bejagung ging fast bis zum Zusammenbruch der Population weiter und wurde erst durch die Herstellung von noch billigerem Öl aus Erdöl beendet.

Der Preisunterschied von ein paar Cent rettete die Wale vor dem Aussterben. Was tun wir heute? Wir zerstören ihren Lebensraum und damit auch den unseren. Bald schon wird es keine Wale mehr geben, wenn wir nicht umdenken und Rücksicht nehmen.

Wenn der kleine Junge in ein paar Jahren mit seinen Enkeln am Feuer in der Bucht sitz, soll er dann den staunenden Kindern die Wale zeigen können, oder nur alte Geschichten erzählen? So wie von den Millionen Bisons die es einst in Amerika gab? So wie die Hundertausend Elefanten und Gnus in Afrika? So wie von den Millionen Thunfischen und Heringen in den Meeren? All dies kennen wir nur noch aus Erzählungen.

Warum muss das so sein?

Von Uwe Goeritz sind weitere Bücher beim Verlag BoD erschienen (BoD – Books on Demand, Norderstedt, nähere Informationen finden Sie unter www.BoD.de)

Aktuelle Informationen und Neuerscheinungen finden sie immer im Internet unter **www.Goeritz-Netz.de**